KB011012

바람과 구름과 비

바람과 구름과 비 7

ⓒ 이병주 2020

초판 1쇄   2020년 5월 15일
초판 2쇄   2022년 10월 14일

지은이   이병주
펴낸이   이정원

펴낸곳   그림같은세상
등록일자   1995년 5월 17일
등록번호   10-1162
주소   경기도 파주시 교하읍 문발리 파주출판단지 513-9
전화   031-955-7374 (마케팅)
            031-955-7384 (편집)
팩스   031-955-7393

ISBN   978-89-960020-9-3 (04810)   978-89-960020-0-0 (세트)

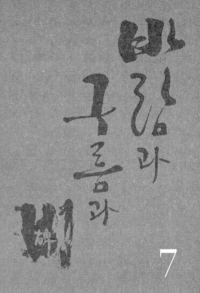

바람과
구름과
비

7

이 병 주 대 하 소 설

그림같은세상

차례

한강연경사비추

漢江烟景似悲秋

뚝섬 건너편, 한강을 끼고 그다지 높지 않은 언덕 동남향으로 그림에 그려넣은 듯한 숲이 있고, 그 숲속에 몇 채의 기와집을 곁들인, 삼십 호 남짓한 초가집으로 된 마을이 보일 듯 말 듯 자리잡고 있다.

그것이 언제부터 이루어진 마을인지 딱히 말할 순 없지만, 넉넉 잡고 이십 년 전엔 없었던 것이 어느덧 한 집 두 집 늘어나 마을이 되었다고 할밖에 없다. 하여간, 그 마을의 정경은 다음과 같이 표현해볼 수 있었다.

불밀불소사정림不密不疎似情林

임중재가가대림林中在家家帶林

불권조어화개락不倦鳥語花開落

막문가지수가린莫問可知誰家隣

(소밀하지도 드물지도 않은 것이 정을 닮은 숲인데,

9

숲속에 집이 있기도 하고, 집이 숲을 끼었다고도 할 수 있다.

새 우는 소리와 꽃이 피고 지는 것이 싫지 않구나.

묻지 말아라, 누가 이웃인지 알고 있으니.)

한데, 무엇을 하고 사는 사람들일까? 가까이에 잘 경작된 논과 밭이 있는 것을 보면 농사를 짓는 사람들인 것 같은데, 바람결에 글 읽는 소리가 들리는 것으로 미루어, 청경우독晴耕雨讀하는 사람들이 살고 있는 것이다.

해가 질 무렵, 그 마을에서 두 청년이 걸어 나오더니 나루터에 섰다.

일식을 화제로 삼고 있었던 것은, 그날(고종 19년 4월 1일)에 일식이 있었기 때문이었다.

어두워가는 한강의 저편을 바라보고만 서 있는 것으로 미루어보아, 두 사람은 건너편으로 건너갈 참이 아니고, 누군가를 기다리는 태도인 것 같았다.

"아주 재미있는 분을 데리고 오신다니까, 기대해볼 만하지 않소."

한 것은 민하閔賀.

"그러하옵니다."

한 것은 왕문王文.

왕문은 20세의 청년이었다.

민하는 그보다 두 살 위인 22세.

주위가 어두워 두 청년의 얼굴을 분간할 순 없으나, 둘 다 훤칠한 키의 우렁찬 목소리였다.

을축년 삼전도장의 잔치에 참석하고 돌아간 왕덕수는, 그해의 그 믐달에 원인 모를 병으로 졸지에 죽었다. 일년상을 미원촌에서 지 낸 후, 왕문은 어머니를 따라 이곳 마을로 이사했다. 그 경과가 최 천중의 주선으로 되었다는 것은 두말할 나위 없다.

최천중의 왕문에 대한 사랑은 지극했다. 왕문도, 비록 양부養父 라고는 하지만, 각별한 정을 최천중에게서 느꼈다. 천륜의 소치라고 할 수 있었다.

왕문의 자질은 기대한 이상이었다.

왕문이 열 살 때부터 학문의 스승을 강원수康元壽가 맡게 되었 는데, 그 자신 신동이었던 원수도 왕문의 재능엔 놀라지 않을 수 없었다.

왕문을 맞은 첫날, 강원수는 왕문의 재력才力을 시험할 양으로 '일로춘구낙화제一路春鳩落花啼'란 제목을 주어 시를 짓게 했더니, 왕문은 그 자리에서 대답했다.

춘종하처거春從何處去 구역진정제鳩亦盡情啼

(봄은 어디에서 어디로 가는가. 비둘기도 정을 다하여 운다.)

강원수는 너무나 놀란 나머지 두보의 '일람중산소一覽衆山小'란 시구를 내놓았더니, 왕문은 역시 즉석에서,

천하위유소天下爲猶小 하론안저산何論眼底山

(천하도 작다고 할 지경인데, 눈 아래에 있는 산을 논할 필요가 있는가.)

11

라고 응했다.

최천중은 강원수로부터 이 얘기를 전해 듣고 기뻐하기는커녕 수색愁色을 보였다.

강원수가 까닭을 묻자, 최천중이 대답했다.

"왕자王者의 재는 백금처럼 빛나선 안 된다. 사포에 싸여진 은근한 빛이어야 하느니라. 그러니 왕문의 재는 겉이 빛나도록 갈고 닦을 것이 아니라, 암창暗倉에 쌓는 재물처럼 해야 하겠다. 출중出衆을 바랄 것이 아니라, 초중여범超衆如凡토록 마음을 써야 하겠다."

대중大衆을 초월하되, 범인凡人과 같은 외양을 지녀야 한다는 것이다.

즉, 왕문의 교육은 예화銳化에 있지 않고 둔화鈍化에 있다는 최천중의 뜻을 강원수는 단번에 포착하여 다음과 같이 제안했다.

"그러기 위해선 같은 연배로서 왕문보다 우월한 인재, 그 정도가 못 되면 비슷한 인재를 구해 같이 공부를 시켜야 하겠습니다."

강원수의 이 제안을 받아들여 최천중이 백방으로 찾은 결과 구해 낸 사람이 민하이다.

그렇게 해서 민하와 왕문은 십 년 가까이 같이 수학하는 사이가 되었다.

50세가 된 최천중의 얼굴은 짙은 구레나룻에 덮여 있었다. 그 구레나룻을 제외하면 조금도 늙은 흔적이 없었다. 안광은 되레 빛을 더한 느낌이다.

최천중은, 왕문이 거처하고 있는 집 사랑으로 환갑이 넘어 보이는 사람을 안내하고 다음과 같이 소개했다.

"이분으로 말할 것 같으면, 성은 경주 김씨이고 이름은 웅서라고 하오. 특히, 박람강기博覽强記*하고 화술이 탁월하여, 왕문을 비롯해서 여러 학우들에게 이 나라 근세의 사태를 알려줄까 하여 모시고 왔소. 군들은 하·은·주 삼대의 역사와 춘추전국시대의 역사에는 통하고 있으면서, 요 230년 동안의 사태엔 어두우니 그게 될 말이겠소? 김웅서 공의 얘기를 자세히 듣도록 하시오. 김공은 오래오래 군들과 같이 있을 것이니, 군들에게 많은 도움이 될 것이오."

최천중은 이처럼 왕문과 그 학우들에게 존대하는 말을 썼다. 그리고 왕문과 그 학우들 사이의 용어도 반드시 경어를 쓰도록 당부했다.

"잡담이나 농담을 하지 말라는 것은 아니오. 평교의 사이에도 예의가 있어야 하는 법 아니겠소?"

했는데, 따지고 보면 장차 임금이 될 왕문에게 학우들과 외람됨이 없도록 하기 위해서였다.

최천중은 이처럼 왕문에 대해서 세밀했는데, 그의 교육방침은 예를 들면 다음과 같았다.

최천중은 스승이 왕문과 그 학우를 가르치는 데 있어서 절대로 서로를 비교해보는 시험을 못 하게 했다.

나무랄 경우엔 나무람을 당하는 원인을 열거할 뿐이지, '못된 짓'이라느니 '나쁜 놈'이라느니 하는 평어評語**는 사용하지 못하게 했다.

---

*　고금의 글을 많이 읽고 사물을 잘 기억함.
**　평하는 말.

13

시험을 못 하게 한 것은, 그로써 가려진 우열 때문에 왕문과 학우들 사이에 일어날 경쟁의식을 없애기 위해서였고, 왕자는 천의무봉하게 가르쳐야 한다는 신념에 의한 것이었다.

평어를 사용하지 못하게 한 것은, 지엄한 인격으로 미리 정립해두기 위해서였다.

왕문 개인에 대해선 항상 다음과 같은 말을 되풀이했다.

"친구가 원하는 것이면 무엇이건 주시오. 가지고 있는 것이면 그 자리에서 주고, 가지고 있지 않은 물건일 땐 물목物目을 적어두고, 그 적어둔 물목을 나에게 알리시오. 어떻게 구방해서라도 그 적어준 물목을 마련토록 하겠소. 청담淸談은 좋으나 토론은 삼가시오. 친구 사이에 토론이 일 땐 그저 듣기만 하시오. 판정을 구할 땐 각자의 장점만을 들어 칭찬은 할망정, 시비를 따지진 마시오. 싸움을 해선 안 되오. 싸움을 걸어오는 자가 있거든 소이불응笑而不應하는 태도를 취하시오."

요컨대, 장래의 왕을 만드는 데 있어서 필요하다고 느낀 모든 지혜를 다 짜내고 이를 실천했던 것이다. 최천중이 김웅서를 데리고 온 까닭도 여기에 있다.

김웅서는 세상을 많이 보아온 사람답게 왕문과 그 학우들을 보고 놀람을 금할 수가 없었다.

"귀공자란 말은, 정히 청년들을 보고 이름이오…."

왕문과 민하, 그리고 그들의 스승인 강원수를 향해 김웅서가 한 첫 인사말은 이것이었다.

김웅서의 강의라기보다는 야담野談 식으로 엮은 이야기는 그 이튿날부터, 매일 점심시간 후 두 시간 동안 진행되었다.

김웅서는 학식이 깊기도 했지만, 이른바 '입담'이란 것이 대단했다. 어느 장면 장면의 이야기를, 듣는 사람으로 하여금 그 현장에 있는 것처럼 느낄 수 있게 엮어나가는 것이다.

그리고 그의 특징은 이조의 왕실을 부정적으로 보는 독특한 사관에 있었다.

예컨대,

"천심을 잃은 왕조는 지탱할 수가 없소. 천심이란 곧 인심이오. 나는 이李 왕조 이상으로 인심을 잃은 왕조를 역사상 찾아볼 수가 없소. 이 왕조의 녹을 먹고, 이 왕조의 비호 아래 치부하고 영달해 있는 소수의 인간들을 제외하고 그 내심을 살펴보았다고 합시다. 누구 한 사람, 이 왕조의 지속을 원하는 사람은 없을 것이오. 그럼에도 불구하고 이 왕조가 계속되고 있는 까닭은, 그런 인심을 수람할 수 있는 영웅이 출현하지 않는 데 있소…."

이런 얘기가 밖으로 새어나가면 말하는 자는 물론이요, 듣는 자도 능지처참을 당할 것이다. 그런데도 이런 얘기를 예사로 하는 건 그가 최천중과 의기상투意氣相投해 있기 때문이었다.

김웅서는

"세도정치란 무엇이냐?"

하고, 그 연원에서부터 시작해서 장동 김문의 세도까지를 설명하고 나선, '왕비 책립'으로 화제를 옮겼다.

"외척들에 의한 세도정치를 극단적으로 경계한 나머지, 죽은 민치록閔致錄의 딸을 왕비로 책립했소. 그런데 그 동기 또한 불순한 것이었소. 대원군은 외척을 경계하기에 앞서, 자기가 국권을 잡고 놓지 않을 야심에 뿌리를 두고 민치록의 딸을 책립한 것인데, 천의天意는 거기에 있지 않았소. 대원군은, 무릎 밑에서 아양을 떨고 귀여워해주면 눈을 좁히는 고양이를 데려다놓은 셈인데, 그게 호랑이였단 말이오."

하고, 왕비 민씨의 사람됨을 설명했다.

왕비 민씨가 궁중으로 들어갔을 땐, 벌써 왕에겐 요염한 이 상궁과 장 상궁이란 애인이 있었다. 그래서 왕비는 결혼 시초부터 고규孤閨*의 설움을 느껴야 했던 것이다.

"공규수空閨愁란 시가 있습니다. 행여나 임이 오실까 하고, 차가운 한풍이 부는 밤에 주렴만을 드리워놓고 기다리는데, 눈물에 젖은 손수건이 얼음장으로 굳어 있더란 시요. 왕비 민씨는 이러한 공규수를 겪은 여자지요…."

질투와 굴욕과 슬픔으로 미칠 듯했지만, 왕비는 잘 견디어냈다.

왕비는 책을 읽으며 스스로의 혼란된 마음을 수습했다. 그런데 왕비가 즐겨 읽은 책은.

"춘추좌씨전春秋左氏傳이었소. 춘추좌씨전은 여러분도 알고 계시죠? 나라들의 흥망치란興亡治亂이 만화경을 이루고, 약육강식, 대립항쟁, 권모술수가 판을 치는 세계에서 영웅과 패자覇者가 되

---

* 외롭게 홀로 자는 부인의 잠자리.

는 길을 가르친 거라고 할 수 있지 않소. 총명한 왕비가 젊은 나이에 공규를 달래며 이런 책을 읽었으니, 그 가슴속에 핀 사상이 어떠한 것일지 대강 짐작할 수 있지 않겠소이까?"

왕문과 민하는 김웅서의 말솜씨에 넋을 잃었다.

기왕을 간추려볼 필요가 있으니, 김웅서의 설명은 들어둘 만하다.

경복궁 중건을 김웅서는 다음과 같이 풀이했다.

"경복궁은 부지가 13만 평. 중건의 규모가 경복궁 전체의 복원에다 별도로 대연회장인 경회루의 신축을 보탠 것이니, 실로 어마어마한 대역사大役事였소…"

그리고 그 기간은 5년이나 걸렸다. 총 공비 1천5백만 냥. 노역에 동원된 수는 연인원 2백만 명.

"6백만 인구를 가진 나라에서 2백만 명 동원이니 여자와 노유老幼를 제하고 생각하면, 국민 전부를 동원했다는 얘기가 아니겠소? 게다가 양반들은 빠졌으니, 서민들만 뼈가 부러진 것이오. 이런 무리는 진나라 시황도 하지 못했을 것이오…"

이와 같은 대역사를 하자니, 정상적인 국고 수입만으로 될 까닭이 없었다. '원납전'이란 명목으로 백성으로부터 돈을 거둬들였다. 그것도 모자라 마구 벼슬을 팔았다.

돈을 많이 낸 놈에겐 군수, 현감 자리를 주고, 그보다 적은 금액을 낸 사람에겐 오위장五衛將이니 진사니 참봉이니 하는 벼슬을 주었다.

"오죽했으면 이항로李恒老가, 경복궁 재건을 위한 악세惡稅의 부과는 민생을 죽이는 것이니, 즉시 중단하고 대원군 물러가라고 목숨을 건 항의를 했겠소."

아무튼 경복궁 중수는 나라의 경제력을 철저하게 소모하여, 갱
생할 여지가 없도록 만들어버렸다.

"그러니까 원납전은 원납전怨納錢으로 되고, 흥선군은 흉선군凶
鮮君으로 되어버린 겁니다. 대원군은 스스로 묘혈을 판 것이나 다
름이 없죠."

하고, 김웅서는 대원군의 성격을 다음과 같이 분석했다.

"그는 야심만 있었지, 양심이 없는 놈이오. 서원 철폐니 의복 개
정이니 하여 볼 만한 시책이 없었던 것은 아니지만, 그 모두가 자기
의 야심을 정당화하기 위해 한 짓일 뿐이오. 고래로 대도大道에 의
하지 않고 권모와 술수만으로써 세력을 잡은 놈은 절대로 끝이 좋
지 못하오. 잘한 일이 있다고 해서 살펴보면, 그 잘한 일 그늘에 나
쁜 일이 열 배의 부피로 쌓여 있다는 걸 알 수가 있소. 대원군은
신하들에겐 청빈하길 강요해놓고, 자기는 헌상금의 명목, 그것도 모
두 그럴듯한 이유를 붙여 한없이 긁어모았다는 사실로써 짐작할
때, 그자 이상의 국적國賊이 어디에 있단 말이오. 그것뿐이 아니오.
법률로써 누르다가, 있는 법이 모자라면 서슴없이 새 법을 만들어
대고, 그러고도 안 되면 천千, 하河, 장張, 안安 같은 부랑배를 조종
해서 못 할 짓이 없으니, 의義를 알고 분憤을 느낄 줄 아는 군자가
좌시할 수 있는 일이겠소?"

낮말은 새가 듣고 밤말은 쥐가 듣는다는 속담을 상기하면 등골
이 오싹해지는 말들이었지만, 왕문과 민하는 눈썹 하나 까딱하지
않고 들었다. 그들은 정의를 위해선 생명을 초개처럼 버릴 각오를

가꾸어가고 있었다. 게다가 김웅서의 얘기를 듣는 장소로서 숲속 높이 원두막 같은 것을 올려 지어놓아, 어떤 사람도 접근하지 못할 곳을 마련하고 있었던 것이다.

김웅서의 대원군에 대한 비난은 그 이튿날에도 계속되었다.

"혹자들은 대원군이 인재를 등용했다, 외척을 추방했다, 파벌을 해소했다, 반상계급을 타파했다, 서원을 철폐했다는 등 선정善政이 있었다고 하지만, 이게 무슨 잠꼬대 같은 소린가 말이오."

대원군이 등용한 인재 가운데는 단연코 볼 만한 인간, 즉 일류의 인물은 없었다.

외척을 추방했다고는 하나, 기왕 세도를 부렸던 장동 김씨의 세위는 옛날처럼은 못했지만, 그냥 지속되고 있었다.

파벌을 해소했다고 하나, 대원군 자신이 자기 둘레에 또 하나의 파벌을 만들었다.

반상의 계급을 없앴다고 하나, 그 실효는 거의 나타나지 않았다.

서원을 철폐했다고 하지만, 유림들의 압력에 견딜 길 없어 옛날의 횡포가 그냥 남았다.

화재와 수재에 신음하는 백성에게 얼마간의 동정금을 베풀었다고는 하나, 그건 자기가 거둬들인 돈의 액수에 비하면 백분의 일도 안 된다.

경복궁을 비롯한 큰 공사를 해서 국위를 선양했다고 했지만, 그 때문에 강요된 백성의 고통을 보상할 만한 정도는 안 된다.

서민적이니, 백성과 고락을 같이하느니 떠벌리고 있지만, 그건 자기 기분에 취해 기분대로 노닥거린 것일 뿐, 사실은 인의 장막에 둘러싸여 백성의 소리엔 귀를 막고, 현명한 야인의 건의는 무시하고 만금을 아끼지 않는 호사를 하고 있지 않은가.

이렇게 열거하며 김옹서는 흥분했다.

"그러나 이 정도에 그쳤으면 죄가 덜하지. 나라의 우두머리이면 마땅히 세계의 정세에 눈을 돌려 시운을 포착하여 나라를 안정케 해야 하거늘, 대원군은 국제정세에 관해선 장님과 귀머거리를 겸하고 있었으니, 그것도 모자라 무고한 고집만을 부리고 있었으니, 그리하여 나라를 이 꼴로 만들고 있으니, 국민된 자, 어찌 그를 용서할 수 있으리오…."

을축년(1865) 11월에 러시아가 함대를 이끌고 경흥부慶興府에 와서 수교하자는 문서를 제출했으나, 대원군은

러시아의 사절이 무슨 까닭으로 우리와 수교할 것을 요구하는가? 불가사의한 일이로군. 그런 문서는 받지 않은 것으로 해둬라."

라고 일축해버렸다.

그런데 당시 나라를 둘러싼 세계의 정세, 특히 극동의 정세는 험난하기 짝이 없었다.

중국에 아편전쟁이 일어난 것은 그로부터 25년 전이나 옛 이야기였다.

1840년에 시작되어 1842년에 끝난 아편전쟁에 패배함으로써 대청국大淸國은 삼천만 냥의 배상금을 지불했을 뿐만 아니라, 홍콩

을 빼앗겼다.

이어 1860년엔 영·불연합군에 의해 북경을 점령당하고, 황제는 열하熱河로 피난했는데, 그해 9월 천진조약을 체결하여 배상금 삼천오백만 냥을 무는 동시에, 하문厦門, 복주福州, 광동廣東, 영파寧波, 상해上海 등의 항구를 개방했다. 이때 러시아는 중재역을 맡았는데, 그 대가로 우수리 강[烏蘇里江] 동안東岸의 땅을 강제로 차지했다.

"이러한 정세를 모르고 있었다는 그 사실만으로도, 나는 대원군을 용서할 수가 없소."

김웅서는 눈을 부릅뜨고 주먹으로 허공을 쳤다.

"뿐이겠소? 영국은 벌써 인도를 수중에 넣었고, 프랑스는 안남[베트남]과 캄보디아 등 교지지나交趾支那를 자기네 영토로 했소. 세계의 정세는 이렇게 되어 있단 말이오."

김웅서의 이러한 말은 왕문에게 격심한 충격을 주었다. 그 무렵 왕문과 민하는 외국 이야기를 달나라, 별나라 얘기처럼 듣고 있었던 것이다. 그러니 대원군도 그럴 것이란 생각이 들어,

"그 먼 곳의 사정을 대원군인들 어떻게 알았겠습니까?"

하고 물었다.

그러자 김웅서는 더욱 흥분했다.

"우리가, 아니, 백성들이 모르는 건 당연하다고 합시다. 그러나 나라의 우두머리가 모른대서야 말이 됩니까? 문무백관은 치레로 놓아두는 겁니까? 그리고 알려는 성의가 있기만 하면, 벌써부터 알고 있어야 할 문제요. 알 수도 있었구요. 매년 연경에 동지사冬至使를

보내고 있지 않습니까. 그들을 통해서도 정세는 알 수 있는 겁니다. 사실, 거번*의 사은사 이경재李景在의 보고가 있기도 했습니다."

이경재는 다음과 같이 보고했다.

"신은 양이洋夷가 얼마나 두려운 세력인가를 직접 보고 왔습니다. 그들의 침략을 받아 종국宗國 대청大淸은 위독한 경지에 있습니다. 그들의 청을 들어주지 않았다는 것만으로 수천만 냥의 배상금을 내고, 몇 군데의 항구도 그들에게 내놓았습니다. 영국, 프랑스도 물론 두렵습니다만, 가장 경계를 요하는 것은 러시아올시다. 이 나라야말로 호랑虎狼과 같은 야심을 갖고 있는 듯 보입니다."

"듣자니, 러시아는 광대한 영토를 가지고 있다더라. 그런 광대한 영토를 가진 나라가 무엇 때문에 우리처럼 작은 나라를 노린단 말인고?"

대원군이 이렇게 물었을 때 이경재는 적절한 답을 했다.

"이유야 갖가지로 있겠습니다만, 그 가운데 가장 두드러진 것은, 그들이 부동항不凍港을 가지길 소원하고 있다는 점입니다. 그 나라가 광대하다고 하지만, 한 해 동안의 반은 바다가 얼어붙어 배의 출입이 되지 못한다고 들었사옵니다. 그런 까닭으로 그들은 어떻게 해서라도 부동항을 얻고자 하는 것이옵니다. 그러하오니 그들과의 대응은 신중에 신중을 기하는 것이 좋을까 하옵니다. 그들은 무슨 틈서리라도 찾으려고 광분하고 있을 것이 명약관화하옵니다…"

---

* 去番: 지난번.

22

김웅서가 말을 계속했다.

"그런데 대원군은 신중을 기해 유연하게 대처하지 못하고, 엿을 빼앗기지 않으려는 철없는 어린애처럼 행동하여 나라를 낭패지경으로 몰아넣었다 이겁니다. 어찌 수백만 백성을 다스리는 인물이라고 할 수 있겠소. 이런 따위를 위에 두고 있는 한, 나라의 안태는 바라볼 수가 없소. 언제 화가 들이닥칠지 예측을 불허하오."

이어 김웅서는 최근 이웃 일본에서 일어나고 있는 변화에 언급했다.

"지금 그 나라는 유연하게 양이와 대응하여, 취할 것은 취하고 버릴 것은 버려, 착실하게 나라의 체모와 내용을 갖추고 있다고 하고, 그 힘이 벌써 우리나라에까지 뻗어오고 있는 형편이오. 이러다간 도국島國의 왜놈들로부터 수모를 받을 것도 필지의 사실이오…. 대원군의 실정, 실덕失德은 그런 것만이 아니오."

하고 김웅서는, 병인교난으로 화재를 돌렸다. 왕문과 민하는 더욱 긴장했다. 목하, 그들의 최대 관심사는 천주교에 있었던 것이다.

"첫째, 남종삼南鍾三의 위인爲人**을 알아야 합니다. 이분은 철종조의 승지요, 그 인물이 성실하고, 나라를 사랑하는 지성에 있어서 가히 귀감이 될 만한 인물이었소. 그가 탈을 잡힌 건 천주교도였다는 사실이오만, 지금 세상에 와서 천주교를 배척한다는 것은 나라를 망칠 고루固陋***라고 할 수 있소."

남종삼은 러시아의 침범이 있을까 우려한 나머지 대원군의 물음

** 사람 됨됨이.
*** 낡은 관념이나 습관에 젖어 고집이 세고 새로운 것을 잘 받아들이지 않음.

에 대해,

"천주교를 통해 영·불 양국과 동맹을 맺으면 러시아를 견제할
수 있는 큰 방패가 될 것입니다. 만일 영국과 프랑스를 적대시한다
면 장차 큰 화를 당할 뿐만 아니라, 러시아의 야심을 꺾지 못하게
될지 모르는 일이니, 첫째, 천주교도들이 안심하고 그 신앙을 가꿀
수 있도록 하소서."
하고 대답했다.

남종삼의 의견은 그 시기에 있어서 적절한 방책을 말한 것이라
고 할 수 있었다. 조그마한 반도의 나라가 전 세계의 강국을 상대
로 항거해서 그 명맥을 유지할 수 없으리라는 것은 명약관화한 일.
그럴 바에야 이편에서 선수를 쳐서 영국 및 프랑스와 유리한 조약
을 맺어 그들의 협력을 얻어 개명한 나라로 만들어가는 것이 바람
직한 일이다.

"그런데도 대원군은 남종삼의 그 말을 건성으로 들었단 말이오."
당시 우리나라에 있었던 선교사는 13인이었다. 대개 한국인명을
가지고 있었다. 베르뇌는 장경일張景一, 다블뤼는 안돈이安敦伊, 브
레트니르는 백白, 불류는 서몰례徐沒禮, 도로이는 김金, 유앙은 민
閔, 그 밖에 푸르티, 프티니콜라, 오메트르 등이 있었다. 그러니 그
들의 협력을 얻어 프랑스 및 영국과의 국교를 정상화시킬 수 있고,
그들의 이해관계를 이용하여 조종하면 실소득대失小得大할 수도
있었다는 것이 김웅서의 논조였다.

사실, 남종삼은
"영·불 양국인에게 천주교 전도의 자유를 허용하고, 신도를 보

호해주겠다는 확약만 하시면, 양국은 필히 러시아를 견제하여 우리나라의 안태를 도모해줄 것이옵니다."

라는 말을 했고, 대원군도 그 의견에 귀를 기울이기도 했었는데, 사소한 착오가 원인이 되어 대원군은 기어이 천주교도의 학살을 시작했다.

"이 무슨 해괴한 짓이었던가. 막강한 양이의 세위가 바야흐로 나라를 노리고 있을 때, 그들의 교를 믿는다고 해서 무도하게 학대, 학살한다는 소위 그 마음먹이는 철부지의 단견만도 못한 것이 아니겠소? 어찌 수백만 백성의 생명을 맡은 자로서 받들 수가 있겠소? 나는 천주교도는 아니오만 그 교설을 들어볼 때 감명 받은 바가 있었고, 그들의 인인애隣人愛*에 있어선 감격한 바 컸소. 사람의 마음을 깨끗이 하고, 보잘것없는 사람들의 영을 구제하려는 교를 어떻게 사학邪學이라고 할 수 있으리까. 천주교를 사학이라고 치는 그 마음먹이가 벌써 사심邪心인 것이오.

무엇보다도 인재를 아낄 줄 모르는, 인명을 아낄 줄 모르는 근본의 마음이 틀려먹었다는 거요."

하고, 김웅서는 정치가 졸렬해도 사람을 아낄 줄만 알면, 위정자로서 기대해볼 만한 것이 있다고 강조했다.

"생각해보오. 인간에 있어서 생명처럼 소중한 게 다시 있겠소? 그 귀중한 생명을 보호한다는 명분 아래 입국立國의 이유가 있는 것이오. 원래 법이 지나치게 엄하면 그 나라는 망한다고 했는데, 이

---

* 이웃 사랑.

것은 곧, 법을 엄하게 하지 않곤 나라를 다스리지 못한다는 것은, 옳은 위정자가 그 자리에 있지 않다는 증거 아니겠소? 뿐만 아니라, 이치에 닿지 않는 법을 만들어 그 법에 어긋났다고 해서 사람을 죽인다면, 이건 나라가 아니고 지옥이오. 백성은 언제나 참고만 있진 않을 것인즉, 이 왕조의 명은 단석에 있다고 할 수밖에 없소."

이어 김웅서는 악법에 의한 갖은 행패를 열거했다. 그러고는 다음과 같이 분통을 터뜨렸다.

"천주교도들에게 죄가 있다면, 천주님의 복음을 받겠다고 애쓴 죄밖에 없소이다. 천주교도들에게 죄가 있다면, 이 나라 이 백성의 불쌍한 상황을 구해달라고 천주님께 기도한 죄밖엔 없소이다. 천주교도들에게 죄가 있다면, 악을 행하지 않고 선을 행하며, 불쌍한 자와 약한 자를 도와 흉포한 자를 물리치려는 의지를 가졌다는 죄밖엔 없소. 천주교도들에게 죄가 있다면, 오른 뺨을 치면 왼 뺨을 대주고, 오 리를 가자 하면 십 리를 따라가준 죄밖에 없소. 천주교도들에게 죄가 있다면, 이웃을 사랑하길 자기 몸처럼 하려고 마음을 쓰며 수양한 죄밖엔 없소. 이러한 백성을 어떤 명목으로 죽인단 말인가요? 무슨 이유로 학대한단 말인가요? 천주교도를 학살한 놈들이 매일 무엇을 하고 지내는지 아십니까? 백성의 등을 쳐서 재물을 모으고, 양가의 자녀를 꾀어 노첩奴妾으로 만들고, 벼슬을 팔아 호사를 하고, 남을 비방하고 이간하여 나라의 공기를 탁하게 하는 자들이오. 정녕 죽어야 할 자들은 그들인 것이오. 적반하장도 유만부동이지, 오늘날처럼 적賊이 조朝에 모이고, 현인들이 야野에서 기사飢死한다 함은 실로 언어도단인 일이 아니겠소?"

왕문과 민하는 묵묵히 듣고 있었다.

구구절절이 옳은 말이었다.

김웅서는 크게 한숨을 내쉬곤 소리를 낮추었다.

"모름지기 정권을 잡은 사람은, '내가 그 자리에 있기 때문에 되도록이면 사람을 죽게 해선 안 되겠다. 딴 사람이 있었으면 마땅히 죽었을 사람을 내가 있기 때문에 살렸다'는 데 긍지를 가져야 하지 않겠소? 내가 그 자리에 있기 때문에 많은 사람을 살렸다고 하는 것을 자랑스럽게 생각해야 하지 않겠소. 경복궁의 공사보다는 죽어야 했을 사람이 나 때문에 살아났다는 사실을 중요시해야 하지 않겠소? 그런데 무슨 꼴이냐 말이오. 남종삼 같은 얻기 어려운 인재를 아까워할 줄도 모르고 서소문 밖 형장에서 호박 덩어리 썰 듯 해버리는, 그 포부도 긍지도 장래에 대한 전망도 없는 자들을 어떻게 용서할 수 있단 말이오. 나는 남종삼만 생각하면 가슴이 에어…"

김웅서는 마음으로 남종삼을 존경하고 있었던 것 같다.

천주교도는 아니었어도 천주교에 대한 존경심을 지니고 있는 듯도 했다.

다음은 김웅서 얘기의 계속이다.

이미 말한 바와 같이 남종삼, 홍봉주洪鳳周 양 거두는 그해의 1월 21일 서소문의 형장에서 참수형을 받고, 그 머리는 광화문 네거리에 효수되었는데, 그들의 죽음에 임한 태도는 실로 종용從容*하

---

* 차분하고 침착함.

고 장중했다.

― 천주여, 이 불쌍한 동포들을 구하소서!

하는 기도와 함께 승천한 것이다.

그런데 프랑스 선교사들에 대한 처치는 더욱 가혹했다. 그들은 옥중에서 갖은 혹독한 고문을 당했다. 그리고 거의 빈사 상태로 노량진 사장, 사포리沙浦里의 형장으로 끌려 나왔다.

거기서 그들은 사지를 찢어 죽이는 가장 잔인한 형을 받았다. 백사장은 그들의 피로써 붉게 물들었다. 사지를 찢기니 그 피가 팔방으로 뿌려진 것이다. 그러나 그들은 숨이 끊어지는 순간에도 서툰 한국말로,

― 당신들의 동포인 저 신도들에겐 아무런 죄도 없소. 원컨대 관대한 처치를 하시오. 저 신도들에겐 죄가 없소.

하고 간원하기도 하고,

― 비록 육신은 죽을지라도 영혼은 죽지 않는다. 고로 육신을 죽이고 영혼을 죽이지 못하는 자들을 겁내지 말라. 다만 너희들의 영혼을 멸하는 지옥만을 겁낼지어다.

하고, 성서의 구절을 외며 미소까지 띠고 죽어갔다.

이렇게 천주교도의 박해는 다섯 달 동안이나 계속된 것이다.

포졸 가운덴 정이 있는 사람도 있었다.

― 거짓말이라도 좋소. 신앙을 버렸다고만 하시오. 그러면 당신들을 구해주도록 노력하겠소.

이런 말을 하며 달래기도 했으나, 신도들은 그 말을 듣지 않고 스스로 십자가를 지길 원했다. 드디어,

— 감옥이 좁아 가둘 곳이 없습니다.

하고 포도대장 이경하李景夏가 비명을 올렸다.

그러자 대원군은

— 놈들을 살려둘 게 아니니, 이젠 발견되는 대로 그 자리에서 죽여버려라.

하고 명령했다.

이렇게 해서 천주교도들의 시체는 나날이 불어만 갔는데, 어느덧 수구문과 효교 일대엔 시체가 산더미처럼 쌓였다.

바야흐로 여름으로 접어들 무렵, 그 썩는 냄새로 인해 사람들은 견딜 수가 없었다. 처형된 신도들을 동정했던 사람들의 감정은 대원군에 대한 적개심으로 변해갔다.

"흥선군은 흉선군이며 흉악군이다."

김웅서는 바깥을 향해 가래침을 탁 뱉었다.

"이때에 죽은 사람의 수는 이만이라고도 하고, 혹은 삼만이라고도 하오. 그 원령들이 대원군을 가만둘 수 있었겠소? 대원군은 그러고 나서 쇄국의 정책을 굳혀나갔지만 그게 될 말이기나 하오?"

그렇게 프랑스 선교사들이 거의 붙들려 죽는 가운데, 기적적으로 난을 피한 세 사람의 선교사가 있었다. 그 이름은 리델, 페론, 칼레.

그중의 하나인 리델은 황해도 장연에서 배를 얻어 타고, 중국 천진天津에 정박 중인 프랑스 함대 사령관 로제를 찾아갔다. 병인丙寅의 전쟁이 발생하게 된 원인이다.

"병인양요는 슬픈 일이었소. 프랑스의 함대를 물리치긴 했으나, 우리의 손해도 이만저만이 아니었으니까. 그런데 프랑스 함대가 물러간 것은 그들의 사정에서였지, 힘이 모자라서 그런 건 아님을 알아야 했는데, 대원군의 엉뚱한 고집만 조장해놓았소. 미국 함대의 공격을 받고 얼마나 많은 손해를 입었는지 모르오. 역시, 미국 함대도 자기들 사정 때문에 돌아간 것인데 대원군은 그들의 힘이 모자라 돌아간 것으로 오인을 했소…."

그런 오인으로 대원군은, 한양의 번화가는 물론이요, 전국 각지에 '양이침범洋夷侵犯 비전즉화非戰則和 주화매국主和賣國'*이란 척화비斥和碑와 양이대첩攘夷大捷의 비를 세우고 기세를 올리는 한편, 국민을 독려했다.

"마땅히 위정자라고 하면 세계의 정세를 알려고 해야 하고, 그 정확한 정세 판단에 서서 나라를 위한 방책을 강구해야 하는데도, 그런 무엄한 짓을 거듭하는 바람에 정세에 밀리고 밀려 드디어는 자주성을 잃고 만 것이 아니겠소…."

이렇게 소연한 정세 속에서도 내치를 돌볼 생각을 안 하여 삼정三政은 문란할 대로 문란했다. 궁중에 있어서의 젊은 국왕은 세상 물정을 모르고 궁녀들과의 일락에 탐닉하고 있었는데, 그것은 대원군이 고의로 조장한 것이나 마찬가지였다. 임금을 우매하게 해놓고 정치의 실권을 마음대로 휘두르겠다는 심산이었다.

---

* '서양 오랑캐가 침범하는데 싸우지 않으면 즉 화친하는 것이요, 화친을 주장함은 나라를 팔아먹는 짓이다.'

— 이래선 안 된다.

하고 자각한 것은 왕비 민씨였다.

물론 이런 자각은 국사國事가 동기가 된 것이 아니고, 여자의 질투에서 비롯된 것이다. 왕비 민씨가 공규空閨의 설움을 달래고 있는 동안, 전부터 왕의 총애를 받고 있던 이 상궁이 남아를 낳았다. 완화군完和君이란 이름이다.

왕비 민씨는 이 일로 해서 여자로서의 충격을 받았고, 그 충격으로 해서 국사에까지 생각이 미치게 된 것이다. 왕비는 결연한 각오를 하고 왕 앞에 나아가, 우선 완화군의 탄생을 축하했다.

왕은, 그 꾸밈이 있어 보이지 않는 왕비의 축하 태도에 감동하여, 왕비를 다시 바라보게 되었다. 바야흐로 청춘의 전성기를 맞아, 총명과 우아가 혼연된 여체의 아름다움으로 빛나는 왕비의 매력에 끌리기 시작한 것이다.

왕의 총애를 얻지 못하고 있을 동안에는, 대원군은 왕비의 큰 힘이 되었다. 그래서 대원군에 대해 다시없는 며느리 노릇을 했다. 정치에 대한 야심을 보이지 않는 것은 물론이고, 친정 식구들과의 접촉도 삼감으로써 대원군으로 하여금

— 내 비위에 맞는 며느리군.

하며 회심의 웃음을 웃게도 했었다.

그런데 그 대원군이 완화군의 탄생을 기뻐하며, 장차 세자로 삼을 것 같은 눈치를 보이자, 왕비는 맹렬한 적의를 품게 되었다.

— 두고 보자.

고 이를 갈았다.

그러던 차에 왕의 총애를 받을 기회를 포착한 것이다.

"권모술수에 능한 자는 그 권모술수로 해서 가장 가까운 자로부터 배신을 받게 되는 것이오. 대원군의 꼬락서니가 바로 그런 게 아니겠소?"

김웅서의 말은 설득력이 넘쳐 있었다.

김웅서는

"대원군과 민 왕비의 싸움은 늙은 수여우와 암여우의 싸움에 비유할 수도 있을 것이오."

하고 다음과 같이 얘기를 이었다.

왕비 민씨는 수심에 잠긴 나날을 보냈다. 그리고 그 처량한 모습이 대원군 부부의 귀에 들어가도록 꾀를 부렸다. 아니나 다를까, 대원군의 부인, 즉 부대부인이 남편에게 호소했다.

"들자니, 왕과 중전의 사이가 좋지 못한데, 이 상궁이 왕자를 낳았다니 중전의 마음이 오죽하겠소. 워낙 신중하고 온순한 중전이고 보니, 그 정황이 너무나 가련하기만 합니다. 무슨 방도가 없겠습니까?"

부대부인과 민 왕비는 같은 민씨일 뿐 아니라, 가까운 친척인 것이다.

"부대부인께서 위로라도 해주슈, 그럼."

하고 대원군의 말이 있었다.

"그러시다면 가까운 친척들을 궐내로 불러 중전을 위로하는 모임이라도 갖겠습니다."

"그렇게 하시구려."

이런 까닭으로 해서 민 왕비의 친정 식구들이 대궐 내에 드나드는 것을 허락하게 되었다. 대원군은 왕비가 자기를 원수처럼 생각하고 있다는 것을 알 까닭이 없었다.

민승호閔升鎬를 비롯하여 민경호, 민태호, 민영익 등 왕비의 친척들이 가끔 모이게 되었는데, 그 모임이 거듭될수록 대원군을 몰아내려는 음모도 익어갔다.

동시에, 왕의 민 왕비에 대한 총애도 점점 두터워져갔다.

왕비는 잠자리에 들 때마다,

"언제까지나 정사를 아버님께 맡겨둘 것이옵니까? 빨리 친정親政을 하셔야죠."

하고 속삭였다.

처음엔 건성으로 듣던 왕도 춘추春秋의 고사, 사기史記, 한지漢志, 삼국지三國志 등의 예사例事를 인용하여 달콤한 사랑의 속삭임을 섞은 왕비의 말을 차츰 마음에 새겨듣게 되었다. 아무리 아버지이기로서니 나는 왕이 아닌가.

'왕인 나를 너무 무시해.'

하는 마음이 없지도 않았고, 왕 노릇을 왕답게 해보고 싶은 충동이 없는 바도 아니었다.

"시기를 기다립시다. 밤[율栗]도 때가 오면 그 두꺼운 껍데기를 뚫고 떨어지니까."

왕은 어릴 적 외갓집 밤나무 밭에서 익어 떨어진 밤을 주운 기억을 되살리며 이렇게 말하기도 했다.

"익어서 떨어지는 걸 기다릴 것이 아니라, 장대를 휘둘러 따야 할 필요도 있는 것이와요."

"그럴 수도 있겠지, 그럴 수도 있어. 하여간 좀 기다려봅시다."

왕비는 세밀한 계획을 세우기도 하고, 일가친척들의 지혜를 빌리기도 했다.

그리고 기회를 민첩하게 포착하기 위해선 둘레에 심복을 심어둘 필요를 느끼기조차 했다.

왕비는 교묘한 수단으로, 눈에 보이지 않게 심복이 될 만한 사람들에게 벼슬을 주어 주변을 굳혔다.

이러는 동안, 대원군은 왕비의 그런 동향에 신경을 쓸 겨를이 없는 대사大事에 부딪히고 있었다. 일본이 강경한 태도로 수교를 요구해온 것이다.

"일본의 태도에 관해선 훗날 얘기할 기회가 있으리다."

하고, 김웅서는 왕비와 대원군과의 알력을 이야기의 초점으로 삼았다.

왕비는 청국의 실력자 이홍장李鴻章에게 밀서를 보냈다.

그 밀서의 내용은 밝혀지지 않았지만 짐작건대,

— 대원군의 집권을 이대로 두고만 있다간, 대내외적으로 파탄이 생길 것이오니, 상국上國에서 단호한 방침이 있었으면 좋겠소이다.

하는 요지였을 것이다.

중국과 조선은 종주국과 속국의 관계에 있다고는 하지만, 중국이 정사에 관한 노골적인 개입을 앞질러 청하는 일은 별반 없었는데,

여자의 좁은 소견은 그러한 일조차 불사했던 것이다.

하기야 대원군에게도 이와 유사한 실수는 있었다. 프랑스와 미국이 개항을 요구했을 때 그것을 거절하는 이유의 하나로서,

— 청국은 우리의 종주국이며, 그 청국의 의향을 듣지 않곤 개항할 수 없다.

고 한 적이 있다.

민 왕비의 밀서를 받은 이홍장은, 조선의 쇄국정책이 종주국인 자기 나라에 나쁜 영향을 끼치지 않을까 걱정하고 있던 터라,

— 즉각 쇄국정책을 폐하고 문호를 개방하라. 특히 일본과의 수교를 서두르기 바란다.

는 요지의 문서를 보내왔다.

대원군으로선 아닌 밤중에 홍두깨를 맞은 격이었다.

'요기예기왜양동妖氣穢氣倭洋同'이란 시를 지어 기염을 토한 지가 엊그제 일이었던 것이다. 즉, 서양놈에게나 왜놈에겐 똑같이 요기와 예기가 있다는 것인데, 이런 시까지 지은 처지에, 아무리 종주국의 이홍장이 시키는 일이라고 해도 손바닥을 뒤엎듯 정책을 바꿀 수는 없었다. 그렇다고 해서 버틸 수도 없었다. 진퇴유곡의 꼴이 되었다.

한데, 이때를 겨냥하고 있었다는 것처럼, 유생 최익현崔益鉉의 상소가 있었다.

승정원일기 10월 25일 경자庚子의 난에 다음과 같은 기록이 있다.

동부승지同副承旨 최익현 상소하여 시정의 폐단을 논하다. 즉 만근

35

정치의 구장舊章이 변하고 사람은 유약柔弱에 흘러, 대신과 육경六卿은 건의하는 일이 없고 측근의 간관諫官과 전 종들도 직언하길 꺼리니, 조정엔 속론이 자행하여 정의正誼가 소멸되고, 아첨배는 득세하고, 직사直士는 물러가고, 부렴賦斂이 그칠 줄을 몰라 생민들은 어육魚肉이 되고, 사기가 저상沮喪, 공익을 일삼는 것은 괴격乖激이라 하고, 사익을 일삼는 것은 득계得計라 하는 것이 현금의 시세라고 했다.

왕은 상소에 답하여, 이 소는 충곡衷曲에서 나온 것이며, 여予를 계간戒諫하는 말이 가상타 하여, 그에게 호조참판을 제수하고, 이와 같이 정직한 말을 반박하는 자는 소인임을 면치 못할 것이라 하다. 이때, 이미 왕은 성년이 되어 국사를 친재하려 하고, 대원군의 시조施措에 따르기를 싫어하였으므로… 이항로李恒老의 문인으로서 유생 간에 중망이 있던 최익현을 동부승지에 임명하고, 대원군 배척의 소를 올리게 한 것이다….

요컨대, 민 왕비의 일당인 민승호, 이재면, 조영하 등 대원군에 대해 사원私怨을 가지고 있던 자들의 책모에 의해 최익현의 상소가 있게 되었다. 그런 만큼 그 소의 내용은 격렬했다.

대원군의 섭정은 이미 10년을 계속했고, 그 실정은 헤아릴 수 없이 많다. 뿐만 아니라 왕께선 성년이 되셨으며, 그 예지와 인덕으로 친정을 베푸는 것이 당연하다. 대원군은 하루바삐 하야하고, 차후 국정에 관여하는 일이 없어야 한다. 단, 그 위位를 올리고 녹祿을 후하게 하여 정중한 대접을 해야 할 것이니라….

최익현의 상소는 몇 번인가 거듭되었다. 조정은 그 상소를 두고 소연*하게 되었다.

대원군파는 최익현을 참형에 해당되는 대역죄인으로 몰려고 했고, 민 왕비파는 다시없는 충신으로서 최익현을 찬양했다.

최익현의 상소도 민 왕비의 치밀한 지모에서 나온 결과이지만, 상소 후의 처리 과정도 민 왕비의 빈틈없는 계산에서 나온 것이다.

이렇게 음모가 진행 중인 것을 알 까닭이 없는 대원군은, 최익현의 상소에 대한 왕의 단호한 조처가 있을 것으로 기대했다.

— 왕은 내 아들이 아니냐. 그보다도, 누구의 덕분으로 왕이 되었다구. 그러한 왕이 아비를 업신여긴 무도한 놈을 가만둘 까닭이 있나.

하는 마음이었던 것이다.

그런데

— 최익현의 소는 충직한 마음에서 나온 것이므로 가상하다.

는 왕의 회답이 있었다고 들었을 땐 대원군은 아찔했다.

이어, 11월 3일 최익현의 상소가 있었다.

금일의 급선무는, 만동묘를 부설하고 중의서원을 증설하며, 호전

---

* 騷然: 떠들썩하게 야단법석임.

胡錢*을 혁파하고 국적의 추율귀신출후追律鬼神出後**를 금지해야 하며, 정변구장政變舊章 이륜두상彝倫斁喪을 바로잡아야 합니다. 즉, 만동묘의 철폐는 군신 간의 윤리를 무너뜨렸으며, 서원의 혁파는 사생師生의 의리를 끊었으며, 국적의 신설伸雪***은 충역忠逆의 분을 혼란케 하였으며, 호전의 사용은 화이華夷의 분별을 문란시켜, 이로써 천리민이天理民彝가 이미 당연하였고, 더욱 토목土木, 원납願納 등이 이와 표리를 이루어 앙민화국殃民禍國의 바탕이 되었으니, 성헌成憲****을 변란케 한 이와 같은 일들은 전하殿下가 유충幼沖하여 아직 도정導政하지 아니한 날에 있은 일이옵고, 특히 임사任事의 신하들이 총명을 옹례하고 위복威福을 조종하여 강목綱目이 구이俱弛함으로써 일어난 화란이므로, 지금부터는 서무庶務를 상공 융경에게 분책케 하되, 공경의 위에 있지 않고 친열親列에 속하는 자는 그 위位만 높이고 녹을 후하게 하여 국정에 간예干預하지 못하게 함이 옳을까 합니다.

이것을 계기로 왕의 친재가 결정되어, 대원군은 하야하게 되었다.

"당조 십년 십일월 오일의 일이다. 민 왕비는 이렇게 해서 국권을 대원군의 장중에서 뺏어오긴 했으나…."

---

* 청나라 돈.
** 죽은 사람이 양자로 나가는 것.
*** 가슴에 맺힌 원한을 풀어버리고 창피스러운 일을 씻어버림.
**** 성문헌법.

하고, 김웅서는 목소리를 낮추었다.

"늙은 수여우가 나라를 어지럽히더니만, 이제 젊은 암여우의 세상이 되고 보니!"

김웅서의 말은 침통한 빛깔로 물들었다.

대원군이 정사에서 떠나자, 천하는 민 왕비의 것으로 되고, 민 왕비의 양오라버니 민승호, 사촌인 민규호가 실력자로 등장했다.

이유원李裕元을 영의정으로 흥인군興寅君 이최응李最應을 좌의정, 박규수朴珪壽를 우의정으로 하여 민 왕비의 정사 체계가 발족한 것이 10년 12월이었다.

민 왕비가 바라고 바라던 원자가 탄생한 것은 11년 2월 3일 묘시.

이듬해 정월 원단에 원자를 세자로 책봉하는 날을 정하여 거행하라는 결정이 있었다.

이유원을 책봉도감도제조冊封都監都提調에, 이풍익, 홍무길, 민치상을 제조提調에, 이최응을 세자부世子傅, 송근수를 좌빈객左賓客, 김병덕을 우빈객에 각각 임명했다.

그리고 성대한 축하연이 있었다. 전국 각지에서 들어온 축하 진상품이 산더미같이 쌓였다. 어느 지방의 감사가 바친 물목 가운데 비단 오백 필, 갑사 오백 필이 적혀 있었더라고 하니 가히 짐작할 만하다.

축하연은 연일연야 진행되었다. 너무나 호화스러운 잔치였다. 대궐 밖엔 한풍이 불고 있는 가운데 시량柴糧이 없는 백성들의 처량한 민생이 있는데, 대궐 안은 진수성찬과 가무일락의 호화판이었던 것이다.

민 왕비로선 누가 뭐라고 해도 성대한 축하연을 통해 자축하고 싶었고, 그로써 스스로의 세위를 장식하고 싶었다는 것은, 첫째, 첫 아들을 잃은 슬픔을 이번 탄생한 아들을 축하함으로써 보상하고 싶었고, 2년 전 대원군을 추방한 직후 당한 난難을 다시 되풀이해선 안 되겠다는 각오 같은 게 있었기 때문이었다.

2년 전의 난이란 다음과 같은 일이다.

경복궁의 왕비 침전에서 화약이 폭발해서 자혜전, 순회전, 자미당紫微堂 등 사백여 칸의 전각이 불에 탄 사건이다. 범인은 운현궁에 출입하는 하인이라고 했지만 확실한 증거가 있었던 것은 아니다. 그러나 왕비는 그렇게 믿었다. 왕비는 왕을 졸라 창덕궁으로 이사했다. 그리고 이듬해에 원자를 얻은 것인데, 이 원자도 그다지 강건한 편이 못 되어 항상 병중에 있었다. 왕비는 누군가가 양밥*을 하고 있는 탓이라고 생각했다. 그렇게 믿은 왕비는 점쟁이와 무당들의 말을 듣고, 전에 왕의 총애를 받았던 상궁 또는 대원군과 기맥이 통하고 있다고 본 상궁들을 가차 없이 학대하여 추방하고 죽이기도 했다.

그 가운데서도 가장 비참했던 것은 딸을 낳은 장 상궁이었다.

장 상궁은 혹독한 장형을 받고, 핏속에서 몸부림치며, 단말마의 고통 속에서

— 너야말로 밀통을 한 년이 아니냐?

---

* 양법(禳法)의 경상도 방언. 액운을 쫓거나 남을 저주할 때 무속적으로 취하는 행위.

고 민 왕비에게 퍼부었다.

장 상궁의 말로는 민 왕비가 미소년 김몽룡金夢龍을 여장女裝케 하여 규합閨閤**에 잠입시켜 음락淫樂을 같이했다는 것이다.

김웅서가 한마디 했다.

"사실 여부는 고사하고 이러한 풍문이 일 수 있을 만큼 궐내의 풍기가 극도로 문란했다는 것은 무엇을 말함이니까? 즉 망국의 징조 역연하다는 얘기가 아니겠소?"

불미한 사건이 다음다음으로 발생했다.

그해의 12월 10일, 민 왕비의 오라비, 즉 왕비당의 수령이라고 할 수 있는 민승호의 집에 어떤 사람이 미장美裝한 상자와 한 통의 편지를 전해왔다.

편지엔

'이 상자 속의 물건은 진귀한 것이오니, 타인을 섞지 말고 대감 스스로 열어보시오.'

라는 글귀가 있었다.

민승호는 어머니인 한창부부인韓昌府夫人과 아들 손자들을 불러 놓고 그 상자를 열었다. 순간, 엄청난 굉음을 내고 폭발하여 천장을 뚫었다. 방안엔 초연이 자욱했다.

초연이 사라진 뒤의 광경은 참담하기 짝이 없었다. 승호도, 그 모

** 궁중의 침전, 또는 안방.

당도 자식도 손자도 떨어져나간 팔다리가 이 구석 저 구석에 뒹굴고 있는 피바다 속에서 신음하다가 차례차례 숨을 거두었다.

민 왕비는 이 사건 또한 대원군이 한 짓이라고 보았다. 그런데 이 무렵 대원군은 양주의 은거지로부터 운현궁으로 돌아와 있었으나, 운현궁 주변은 왕명을 받든 민규호가 지휘하는 포졸들에 의해 이중 삼중으로 포위되어 있었다. 그 가운데의 일대一隊는 운현궁의 내정內庭에까지 밀고 들어가 대원군과 그 가족의 일거일동을 엄중하게 감시하고 있었다.

그런데 그해의 11월, 좌의정 이최응의 저택이 누군가의 방화에 의해 전소하는 사건이 있었다. 이최응은 이하응의 친형인데 이하응, 즉 대원군과는 사이가 나빴다. 민 왕비의 총신이었다.

익년 13년 3월, 전前 병사兵使 신철균申哲均이 민승호 폭사 사건과 이최응 저택 방화 사건의 범인으로 지목되어 참수형을 받았다.

일설엔 승호의 죽음은 그의 종제 규호가 꾸민 일인데, 애매한 신철균이 고문을 이기지 못해 무복誣服*한 것이라고 했다. 신철균은 대원군의 심복 부하였던 것이다.

터무니없는 죄를 뒤집어쓰고 죽은 대원군의 심복은 신철균 하나만이 아니었다.

정선은丁善殷, 이동근李東根도 지정불고지죄知情不告知罪로 교수형을 당했다.

이 밖에 부산 주재의 왜학훈도倭學訓導 안동준은 대마도의 일본

---

* 강요에 의한 거짓 자백.

인에게 정부미를 부정 유출했다는 죄목으로 참형을 당하고, 동래 부사 정현덕도 공범이라고 해서 유죄流罪**를 당했다.

이렇게 해서, 대원군의 총애와 신임을 받았던 사람들은 추풍 속의 낙엽처럼 되었다.

김웅서가 말했다.

"이처럼 대원군파를 철저하게 거세하는 한편, 민 왕비는 일본과의 수교를 서둘렀소. 먼저, 일본 대표로 와 있는 모리야마 시게루 [森山茂]에게 민 왕비의 밀서가 수교되었소. 가로되, 조선의 조정은 일본의 대표를 환영하고 수교 교역에 응할 용의가 있다는 내용이었소. 기왕엔 그처럼 부탁해도 응하지 않았었는데, 이처럼 태도가 누그러들자 일본인은 놀랐소. 한편, 이 정보가 누설되자 굴욕적인 처사라고 해서 맹렬한 비난이 일어나기도 했죠. 그러나 민 왕비는 눈썹 하나 까딱하지 않았소. 청국의 이홍장이 밀서를 보내와 이러한 처사를 독려했기 때문이오. 민 왕비, 이홍장이 배후에 있다고 믿을 수가 있었으니 두려울 것이 없었던 거죠."

김웅서는 화제를 바꿨다.

"지금부터 일본과 우리의 관계를 얘기해보겠소이다."

일본과의 관계를 얘기하겠다는 김웅서의 말에 왕문과 민하는 물론이고 그들의 스승인 강원수도 긴장했다.

일본에 어떻게 대처하느냐, 일본을 어떻게 생각하느냐가 요즈음

** 유형, 귀양.

에 있어서의 그들의 숙제였던 것이다.

"우리나라와 일본의 관계는 아득한 옛날에 시작되었소. 그러나 지금 그런 고사를 들먹여보았자 소용없는 일이오. 임진란 때의 적개심을 일깨워보는 것도 부질없는 일이오. 아무튼, 개명된 시대를 살려면 그들과 관계를 밀접하게 가져야 할 것이니, 그들의 오늘의 사정부터 알아두는 것이 유익할 것 같소."

하고, 김응서는 다음과 같이 말했다.

일본엔 천황天皇이 있고, 장군(將軍, 쇼군)이란 게 있었다. 천황은 이름만인 임금이고, 정사는 장군이 우두머리가 되어 있는 막부幕府의 손에 있었다.

장군직將軍職은 세습으로 도쿠가와 가[德川家]가 맡았다. 그런 까닭으로 도쿠가와 막부라고 했다.

이 도쿠가와 막부는 2백 수십 년을 계속되어오다가, 15년 전 천황 친정으로 바뀌었다. 장군이 정권의 좌에서 밀려나가고, 천황이 그 자리와 에도 성[江戶城]을 빼앗은 것이다.

"순탄하게 그런 일이 이루어진 것이옵니까?"

하고 왕문이 물었다.

"약 십 년 동안의 내란이 있었던 것 같습니다."

하는 대답이어서, 민하가 그 내란의 양상을 좀 더 구체적으로 설명해달라는 제안을 했다.

김응서가 말을 이었다.

"막부 전성시대에도 이른바 근왕파勤王派라는 것은 있었던 모양입니다. 천황에게 충성을 다해야 한다는 것을 안목으로, 나아가 천황이 직접 정사를 하도록 바라는 파들이죠. 그러나 일본은 전국이 육십여 개의 소번국小藩國으로 나누어져, 백성들은 각기의 번주藩主를 주상처럼 모실 뿐, 천황이나 장군에 대해선 직접적인 충성은 하지 않았던 모양으로, 그 세력은 극히 미약했던 것 같소. 그런데 몇 해 전, 미국의 철선이 일본에 들어와 개항과 수교를 요구했소. 막부는 미국의 위세에 겁을 먹고, 오랜 세월 지녀온 쇄국정책을 취소해야 하는 난국에 봉착했던 것이오. 이때, 근왕파가 양이攘夷의 명분을 걸고 반막反幕의 세력을 규합한 것입니다. 막부는, 개국을 안 하면 외세의 침범을 받아야 하고, 개국을 하면 양이근왕파의 반발을 받아야 하는 진퇴유곡의 지경에 빠진 것이오. 이러한 약점에 교묘히 편승하여 사쓰마[薩摩], 조슈[長州] 등 대번大藩들이 공공연하게 군을 일으켜 협천황挾天皇*하여 막부를 쳐서 드디어 개가를 올렸다고 합니다."

"양이근왕파가 득세를 했으면, 일본은 지금 쇄국정책을 더욱 공고히 하고 있을 것 아니오?"

왕문이 물었다.

"그렇지가 않으니, 기막힌 일이 아니오이까?"

하고 김웅서는 웃었다.

그의 말에 의하면, 양이근왕파는 정권을 잡자, 즉시 서양 제국諸

---

* 천황을 낌.

國과 수교하여 전면적인 개국을 했다는 것이다.

"양이란 결국, 막부를 넘어뜨리기 위한 구실과 수단에 불과했던 것이오. 그런 만큼 지금 일본 정치를 장악하고 있는 놈들은 그 술수가 능란하다고 보아야 할 것이오."

하고 김웅서는 얘기를 계속했다.

일본의 신정부는 에도 성으로 천황을 옮겨 도쿄[東京]를 수도로 했다.

그러고는 곧 폐번치현廢藩置縣을 단행하여, 천황을 우두머리로 하는 통일정부를 만들었다.

유능한 인재를 해외에 파견하여 서양의 문물을 배우게 하는 동시에, 서양의 기술자들을 초빙해서 부국강병, 식산흥업殖産興業을 목표로 하여 군비와 경찰을 정비하고 적극적으로 교육에 힘썼다.

"그렇게 해서 지금 일본은 급속도로 성장하고 있습니다. 그 성장 과정에서 놈들은 서양의 방식을 본떠, 서양인들이 전에 그들에게 하던 것과 똑같은 요구를 우리나라에 해 오게 된 것이죠…."

일본 신정부는 성립 후 곧, 대마도의 종씨宗氏를 시켜 우리나라에 천황의 친정을 알리고, 양국 간의 수교와 교역을 요청하는 문서를 보냈다.

그 문서를 받은 동래부사 정현덕은

― 도쿠가와 막부는 와해되고, 대정을 봉환하여 메이지유신[明治

維新] 신정부를 수립하고, 이에 정체政體를 변혁했음을 통고함. 따라서 양국의 수호와 통상을 부활하고자 함. 이 뜻을 중앙에 전달하기를 바람….

하는 문자에도 기분이 나빴는데,

— 황조연면皇祚連綿 만세일계萬世一系 다이쇼 이천유여년[大政二千有餘年] 황상등극皇上登極 친재만기親裁萬機….

운운한 문자에 이르러서는 드디어 분통을 터뜨리고 말았다.

— 이 무슨 해괴망측한 수작인가?

하고, 정현덕은 그 문서를 조정에 전달하지도 않았다.

일본으로서는 그 회답을 기다리지 않을 수 없었는데 종무소식인지라, 고종 7년 2월에 외무소승外務小丞 모리야마 시게루[森山茂] 등을 부산에 파견하여 절충케 했다.

그러나 대원군은 전연 이들을 상대하질 않았다. 그러자 일본 내에선 이른바 '정한론征韓論'이란 게 대두되었다.

정한론의 원래 제창자는 기도 다카요시[木戶孝允]란 자이다. 그는,

— 사절을 조선에 파견하여 그의 무례無禮를 힐문하고, 만일 그들이 응하지 않을 땐 그들의 비非를 국제적으로 선전한 뒤에 그들을 공격하여 크게 신주神州의 위세를 펴자.

고 주장했던 것이다.

"도대체, 왜놈들에겐 원래 우리를 얕잡아보는 버릇이 있었소."

하고, 김웅서는 분격을 섞어 말했다.

"막말幕末의 혼란 속에서도 사토 노부히로[佐藤信淵]란 녀석은 '우내혼동정책宇內混同政策'이란 책 속에서 우리나라를 공략함이 필요하다는 소릴 떠벌리고 있었고, 요시다 쇼인[吉田松陰] 같은 인간도 조선을 공략해서 공물貢物을 받아야 한다는 소릴 지껄였소. 이 모든 것이 도요토미 히데요시[豐臣秀吉] 시대의 임진왜란 때에 비롯된 일이오. 놈들은 우리의 정사가 문란하고 우리의 민생이 도탄에 빠져 있다는 것을 알고 그처럼 예사로 우리를 깔보게 된 것이오. 그렇지 않고서야 어찌 감히 정한론 운운하는 말을 떠벌리겠느냐 말이오. 그럼에도 불구하고 조정이 한 짓이 무엇인지…."

일본의 고관들은 대부분 서양 시찰을 나가고 국내정치를 사이고 다카모리[西鄕隆盛]가 맡고 있을 무렵 정한론이 무르익었다. 그 동기는, 서양 시찰단이 출발한 후 일본 정부는 부산의 왜관倭館을 중앙정부의 외무성 직할하에 두고, 외무대승外務大丞 하나부사 요시타다[花房義質]를 동년 10월 부산으로 파견했는데, 역시 냉대를 받고 돌아간 데 있었다. 뿐만 아니라, 이때 대원군은 부산에 거류하고 있는 일본인들에게 강제 철거를 명하고, 식량을 보급하는 일을 금지해버렸다.

사이고는,

─ 내가 전권대사가 되어 조선으로 건너가, 그곳 대관들과 교섭하리다. 나는 죽음을 각오하고 갈 터이니, 그때 만일의 일이 생기면 군대를 출동하도록 하시오.

하고, 그 결행을 시찰단이 돌아온 후로 미루었다.

그런데 돌아온 시찰단들은, 선진된 서양 제국에 비해 너무나 낙후되어 있는 그들의 내정을 개선하는 것이 급선무라고 하여, 정한론을 봉쇄해버렸다. 이로 인해 사이고 일파는 하야하여 향리로 돌아가 반란을 일으켰다.

"요컨대 이 반란은, 조선을 치자는 그들의 의견이 용납되지 않았다는 이유에만 있었던 것은 아닌 것 같소이다. 신정부가 섰는데도 그 덕을 보지 못한 일부 불평不平 사족士族들이 사이고를 중심으로 모여 정권을 잡아보자는 의도였던 것이오…."

그러나 사이고 등의 반란은 곧 진정되었다. 그만큼 신정부의 위력이 확립된 것이다.

이를 계기로 하여 일본의 국세는 나날이 올라갔다. 그 세를 몰고 일본은 우리나라에 압력을 가해 왔다. 사이고의 의견을 듣지 않은 것은 우리나라를 침략할 의사를 포기한 때문이 아니고, 시기상조라고 생각하고 일시 보류한 처사였을 뿐이다.

일본은 신정부가 선 지 겨우 7년 만에 일본의 표류민이 대만의 원주민에게 살해되었다는 이유로 대만에 출병할 정도로 무력을 키웠다. 그러나 이 일본의 대만 침략은 청국을 크게 자극했다. '대만은 우리의 영토이다. 일본의 행동을 용서할 수 없다'며 항의했다. 일본의 오쿠보 도시미치[大久保利通]가 특명 전권대사로서 1874년 9월 10일 북경으로 가서 청국과의 외교 교섭을 가졌다.

회의는 7회를 거듭했으나 타결책에 이르지 못했다. 이때 영국공사 웨이드가 조정 역을 맡았는데, 웨이드는 다음과 같은 타협안을 일본의 오쿠보에게 제시했다.

— 일본은 대만을 포기하고 조선을 정복하시오. 그렇게 하면 우리 영국도 협력할 것이오.

이것은 분명히 악랄한 선동이다. 한데, 서양의 열강은 거의 이와 같은 태도였다. 대원군의 단호한 쇄국정책에 주춤한 서양 각국은 거리의 관계도 있어, 그들로선 조선을 어떻게 할 수 없다고 생각하고, 쇄국의 두터운 문을 열게 하는 데 일본을 이용할 작정을 세운 것이다.

특히, 미국도 일본의 조선에 대한 무력행사를 권했다. 미국의 주일공사 빙검은, 1875년 일본의 외무성을 찾아 틸러가 쓴 '페리의 일본원정사日本遠征史'를 건네주며, '이대로 하면 조선을 개국시킬 수 있다'는 말을 보탰다.

김홍서는

"병자년의 변이 있었던 것은 6년 전이오. 일본이 군함 세 척을 끌고 오는 바람에 우리 조선은 굴복하고 말았소. 영종도永宗島에서 싸움이 벌어졌는데, 우리 편은 35명이 전사하고 16명이 포로로 잡히고, 성내는 불바다가 되었는데, 일본 놈은 수병들이 경상을 입은 정도였다고 하니 될 말이오?"

하고, 비분강개하며 눈물을 주르륵 흘리기도 했다.

"그 결과 맺은 병자조약, 또는 강화도조약이 얼마나 창피한 것인가는 들먹이기조차 싫소이다…."

조정은 병자년 2월 26일, 조약안의 내용을 신중히 검토해볼 겨를도 없이 일본 측의 제안을 받아들였다.

그 제1조엔,

— 조선국은 자주自主의 나라로서, 일본국과 평등한 권리를 보유한다. 그러니 피아동등의 예의로써 서로 접대한다.

고 되어 있는데, 이것은 일본인의 간사한 저의를 말한 것이다. 즉, 청국의 조선에 대한 종주권을 부정하여 그 세력을 배제하기 위한 복선이었던 것이다. 양국의 공사를 교환한다는 제2조의 내용은 무난한 것이라고 하더라도, 제4조 이하의 내용은 참으로 굴욕적이었다.

조선인의 일본에 있어서의 권리에 대해선 전연 규정한 것이 없는데, 일본인의 조선에 있어서의 권리만은 상세하게 규정되어 있기 때문이다.

그 조문에 의하면, 일본인은 조선 내의 항구를 이용할 수 있을 뿐만 아니라, 토지와 가옥을 임대하여 마음대로 사용할 수도 있고, 필요에 따라 해안과 항만을 측량할 수도 있게 되었는데, 조선인이 일본에 있어서 할 수 있는 일은 거의 없게 돼 있었다.

제10조 이하가 되면, 그 편무성片務性*은 더욱 두드러진다. 조선에 있어서의 일본인의 범죄는 일본영사가 처리한다는, 이른바 영사재판권의 규정이 제10조의 내용이다.

제11조는 일본의 선세船稅 이외엔 일본이 조선으로 가지고 온 상품엔 일절 세금을 받을 수 없다고 되어 있다.

---

* 어느 한쪽에만 의무를 지우는 성향.

이른바 조선 관세권關稅權의 부인이다.

뿐만 아니라, 제12조에 이르러선 조선의 모든 항구에서 일본의 화폐를 통용할 수 있도록 규정하고 있다.

한마디로 말해 병자조약은, 일본의 일방적인 권익만을 규정해놓고, 조선 정부에 대해선 일방적인 의무만 규정해놓은 것이었다.

한데, 이런 처사는 구미 제국이 기왕 일본에게 강요한 불평등조약을 본보기로 해서 일본이 조선에게 강요한 재판이었다.

괘씸한 것은, 그때 일본은 그러한 불평등조약에서 벗어나려고 구미 제국을 상대로 악착같은 노력을 경주하고 있으면서, 조선에 대해선 그들이 잘못이라고 믿고 있었던 조약을 강요했다는 바로 그 사실이다.

"병자조약이 있은 지 얼마 후에, 김기수金綺秀를 수신사로 일본에 보냈소. 국교 재개에 따른 조처이긴 했으나, 너무나 불평등한 조약을 시정하려는 목적도 있었던 것인데, 결과는 혹을 떼려다가 혹을 더 붙이고 온 꼴이 되었다는 건 여러분도 이미 아는 바가 아니오? 오오, 통탄한지고…."

김응서는 답답하다는 듯 가슴을 쳤다.

"그 후부터 오늘까지의 일은 하나마나한 얘기 아니겠소?"

병자조약이 있은 뒤, 일본인의 왕래가 빈번하게 되었다. 드디어 재작년(1880년), 조선 주재의 초대 공사로서 하나부사 요시타다가 부임했다. 그는 해군 의장대의 호위를 받으며 돈화문으로 들어와 창덕궁 중희당에서 국왕을 알현, 신임장을 봉정했다.

조선의 임금이 근대적인 예식으로 외국 사신을 접견한 것은 이것이 처음이었다.

그날, 즉 1880년 11월 16일, 일본공사관이 설치되었다. 서울의 천영정 청수관淸水館에 왜국기倭國旗가 게양되었다.

이 대목에서 김웅서의 음성에 감개가 서렸다.

"난 그날 그걸 보러 갔었소. 맑은 가을날이었소. 하얀 바탕에 빨간 원이 그려진 기가 가을바람에 나부끼고 있었소. 그건 한편, 긴 쇄국의 문이 열렸다는 뜻이기는 했지만, 적이 드디어 우리의 가슴팍에까지 기어들어왔다는 신호이기도 했소…."

일본과의 개국은 청국 이홍장의 지시에 따른 것이기도 했지만, 오랫동안 청국과의 교의를 맺어온 사람들의 가슴엔 새삼스럽게 모화사상慕華思想이 고개를 쳐들었다.

한편, 병자조약에 대한 세론의 반발은 억제할 수 없을 정도로 번져나갔다.

전에 대원군을 실각케 한 상소문을 썼던 최익현이 이번엔 '척왜소斥倭疏'를 제출하여, 민 왕비 세력 타도의 선봉에 섰다. 최익현의 일파 가운덴 일본과 싸워야 한다는 과격론을 펴는 자도 있었다.

이런 판국에 영의정인 이유원李裕元이 어느 날 각의를 소집하여,

"최익현 등의 주장에 나도 동의한다. 그러니 이제 나는 조정에 머물러 있을 수가 없다. 나는 오늘 사임한다. 원임, 시임 대감들의

양승을 비오."

하는 폭탄선언을 했다. 1881년 7월의 일이다. 이유원은 민 왕비가 실권을 잡은 당시 영의정으로 발탁된 이래 7년 간 그 직에 있었던 자로, 친일파로 지목을 받으면서까지 솔선 개국개항을 주장해온 사람이다.

좌우의 측근들이

"망령이 나셨소?"

라고까지 극언을 하며 만류했으나, 이유원의 각오는 굳었다.

이최응이 영의정에 앉았다.

최익현의 '척왜소'는 격렬했지만, 그 이로理路는 정연했다. 강화조약에 분격한 유생들 사이에 척왜의 감정이 요원의 불길처럼 일었다.

이런 풍조를 대원군 일파가 이용하려들지 않을 까닭이 없다.

— 민 왕비의 세력을 무너뜨리는 건 이때다!

하고, 안기영安驥泳 등이 선두에 서서, 이재선李載先을 수령으로 받들고 반란을 획책했다. 10년 전 서원 철폐에 분격하여 대원군에게 원한을 품고 있던 전국의 유생들이 이 획책에 참여했다.

이재선은 대원군의 첩복妾腹의 장남이다. 표면은 '척사토왜斥邪討倭'의 기치를 건 민족적인 의거처럼 꾸몄지만, 진짜 목적은 이재선을 왕위에 올려 대원군의 재집권을 꾀하는 데 있었다.

그해 8월 21일에 거사할 작정이었으나, 내부 분열로 좌절됐다.

"적보다 무서운 게 자중지란이오."

김웅서의 한숨은 무거웠다.

김웅서의 슬픈 눈빛을 좇고 있던 민하가 물었다.

"헌데, 요즈음 조정의 상황은 어떠하옵니까?"

"조정의 상황? 말이 아니지."

웅서가 장탄식을 했다.

사실, 장탄식할 만한 상황이었다.

이해에 들어 왕세자의 관례冠禮*가 있었다.

이로써 민 왕비의 터전은 공고히 되었다고 생각할 수도 있는데, 민 왕비는 세자빈의 간택에 신경을 썼다.

운현궁에 칩거 중인 대원군이 의중의 사람을 세자빈으로 하려 하고 있다는 소문이 들렸기 때문이다.

그 화근을 막기 위해 장 내인張內人을 대궐로부터 축출했다. 그녀의 아우에게 엉뚱한 죄를 뒤집어씌워, 죄인의 누님이란 이유로 그런 조처를 한 것이다.

그보다 이전에 이 상궁이 낳은 완화군完和君이 열세 살의 나이에 돌연 원인 불명의 고열로 앓다 죽은 사실이 있었는데, 이것도 민 왕비가 독살한 것이란 소문이 퍼졌다.

민 왕비는 1월 26일, 자기의 일족인 민태호閔台鎬의 딸을 세자빈으로 간택하고, 2월 19일 왕세자비 책빈례를 행했다.

이어 왕비의 명령에 의해 현란, 다채로운 축하연이 벌어졌다. 왕세자의 결혼연이라 문무백관이 참집하여 호화로운 연회를 하는 것은 당연했지만, 그 자리에 수백 명의 무당, 점쟁이들이 모여들어 환

---

* 성인이 되었다는 의미로 상투를 틀고 갓을 쓰던 의례.

통을 치는 광경은 목불인견이었다.

그 가운데서도 이채를 띤 사람은, 신령군神靈君이란 존칭을 받고 있는 상민 출신 과부인 무녀와 점술가인 이유인李裕寅이었는데, 그들은 최고의 벼슬아치들만 할 수 있는 옥관자를 패용하고 있었다.

그런데 이 대연에 소비된 비용이 막대해서 도저히 왕실의 재정으로썬 감당할 수가 없었다.

낭비의 태반은, 신령군과 이유인을 비롯한 수많은 무남巫男, 무녀, 창우倡優*들과 잡배들에게 뿌린 수천수만의 돈이었다.

예컨대 일곡지무一曲之舞엔 삼천 냥, 일 회의 제사와 기도엔 오천 냥과 비단 백 필, 한 회의 점占에 일만 냥…. 이런 꼬락서니였고 보니, 대양大洋과 같은 재원이 있어도 모자랄 판이었다.

— 중전마마, 돈이 없는데 어떻게 하면 좋겠사옵니까?

하고 측근이 아뢰면,

— 벼슬을 팔아 돈을 만들면 될 게 아니냐?

라고, 아무렇지도 않게 말했다.

이것은 대원군이 한 짓이었다.

기왕 경복궁을 재건할 때 그 비용을 염출하기 위해 원납전을 많이 낸 자에게 높은 벼슬을 주기도 하고, 품계를 높여주기도 했었다.

민 왕비는 이번의 식전에 소요된 돈도 그런 식으로 보충했고, 뇌물의 다과에 따라 관직에 앉히기도 하고 승급시키기도 했다.

이 밖에 재원이라는 세금의 명목으로 백성을 수탈하는 방법도

---

* 광대.

취했다.

조정이 이처럼 타락하고 있으니, 백성의 생활은 말할 것도 없다. 언제부터인가 이 나라엔 다음과 같은 시가 구전되고 있었다.

금준미주천인혈金樽美酒千人血

옥반가효만성고玉盤佳肴萬姓膏

촉루낙시민루낙燭淚落時民淚落

가성고처원성고歌聲高處怨聲高**

"이런 나라에서 우리는 어떻게 하는 것이 좋으리까?"

역시 민하가 물었다.

"탈없이 고종명을 바라거나, 심심산곡으로 들어가 초근목피로써 연명하며 조수鳥獸와 벗하여 살아야 할 것이오."

하곤, 청년들의 얼굴을 바라보고 웅서가 말했다.

"나라를 위하고 백성을 위할 작정이면, 생명에 대한 애착을 버려야 할 것이오."

"그러나 나아갈 방향, 취해야 할 수단을 알고서야 죽든 살든 할 것이 아니오이까?"

민하의 말이었다.

"나아갈 방향을 잡는다는 건, 칠흑의 밤에 길을 닦자는 얘기고,

** 성이성(成以性: 1595-1664)의 시로 '춘향전'에 나옴. '금잔의 아름다운 술은 천 사람의 피요/ 옥쟁반의 맛난 안주는 만백성의 기름이라./ 촛농이 떨어질 때 백성의 눈물 떨어지고/ 노랫소리 높은 곳에 원망의 소리 높도다.'

취해야 할 수단을 찾는다는 건, 광풍狂風의 밤에 촛불을 켜들자는 얘기일 뿐이오."

웅서의 말은 숙연했다.

"그렇다면 속수무책이란 말이오이까?"

역시 민하가 물은 말.

"그렇소, 속수무책이오. 열강에 둘러싸여 자립하려니 자립할 기둥인 조정이 썩어가는 콩나물시루를 닮았고, 미국과 영국과 법국法國을 의지하려니 너무나 멀고, 아라사[러시아]는 곰처럼 노려보고, 일본은 이리처럼 덤비는 판국에, 청국은 병든 돼지처럼 그 자체 허덕이고 있으니, 원교遠交에 의한 수호책도 난감하고, 선린에 의한 보전책도 무망한 노릇이니 진퇴유곡이고 속수무책이오."

"그래도 무슨 방편이…?"

"유일한 길이란 것은, 백성이 일어나서 조정을 뒤엎고, 그 백성 가운데서 인군이 나서, 백성의 여망을 일시에 모아 우선 기둥을 세우는 일이오."

웅서의 눈에서 불이 튀었다.

"그러다가 러시아와 일본에게 먹히면…?"

"먹혀줄 수밖에 도리가 없지요. 북은 아라사에게 먹히고, 남은 일본에게 먹히고, 서는 청국에게 먹혀 난마亂麻와 같이 되어 있는 동안, 백성의 여망을 모은 인군人君이 민심을 몰아 쥐고 영·미·법의 세위를 도인하여 일·노·청의 잠식을 중단시키고, 이곳을 완충지세緩衝之勢로 만드는 것이오. 즉 이이제이以夷制夷, 이독제독以毒制毒하자는 방법이오."

웅서는 웅변이었으나, 청년들이 이해하기엔 그 발상이 너무나 기발하고 너무나 당돌했다.

"그러나 이러는 과정에 어떤 천운이 있어, 백성이 세운 인군을 두둔하여, 신생의 나라로서 그 면목을 세울 수 있을지도 모르는 일이오."

하고, 웅서는 북미합중국이 이루어진 유래를 설명하며 화성돈(華盛頓. 워싱턴), 링컨 같은 이름을 들먹였다. 오랫동안 북경에 있으면서 강유위康有爲 등과 교유가 있었다는 웅서는 자기가 배운 대로의 지식을 피력하고,

"어떤 난관이 있더라도 혁명만이 이 나라를 살릴 수 있는 길이오."

하고 결론을 내렸다.

"어떻게 하면 그런 힘을 결집할 수 있사오리까?"

민하의 말에, 웅서는

"그 길을 모색하는 것이 우리들의 도리일 줄 아오."

하더니, 놀이 끼어드는 한강을 가리키며 나직이 읊었다.

"한강의 연경이 비추*의 광경을 닮았구려."

---

* 연경(煙景): 아지랑이나 이내 따위가 아물거리는 아름다운 봄의 경치. 비추(悲秋): 구슬프고 쓸쓸한 느낌을 주는 가을.

건곤일척

乾坤一擲

며칠 동안의 얘기를 끝내고 웅서가 한강의 봄 경치를 보며,

'한강연경사비추漢江烟景似悲秋!'

라고 영탄하고 있을 때, 최천중은 마포 최팔룡의 집 일실에서 몇몇 사람들과 밀의密議를 하고 있었다.

그 가운덴 연치성의 얼굴도 보였다. 박종태, 김권, 윤량의 얼굴도 보였다.

방안의 긴장감으로 보아, 꽤 중대한 모임이란 것을 알 수 있었다.

"모두들의 보고를 다 들었는데, 하여간 올해의 가을을 넘길 순 없어."

최천중이 나직이 말했다.

"우리도 그렇게 생각하고 있습니다만…."

하고, 연치성이 다음과 같이 말했다.

"모사는 빈틈이 없어야 할 것입니다. 지금 한양에 있는 장병은 오천 명, 적어도 별장別將 사오 명은 포섭해야 하는데 그게 그렇게

쉬운 일이 아닙니다. 그리고 원격한 곳은 차치하더라도 경기 지방의 군영은 일시에 일어나도록 해야 하는데, 그 중심인물의 포섭이 또한 난처합니다. 지금 사 월이니, 구 월까지 그 준비를 완료한다는 것은 거의 불가능한 일이라고 할 수 있겠습니다."

"삼 년 전에 시작한 일이 아직 이 꼴이라니…"

하고, 최천중은 누구를 탓하는 것도 아닌, 그러나 불만스러운 소리로 이렇게 중얼거리곤 덧붙였다.

"시일이 가면 일본 놈의 세력이 조정에 뿌리를 박게 된다. 일본 놈의 세력이 뿌리를 박게 되면, 청국이 가만있을 까닭이 없다. 그렇게 되면 청일 양국을 상대로 해야 한다. 지금의 조정은 밀면 넘어질 그런 정도이니, 조금 있으면 모든 것이 무방하게 된다, 이 말이다. 김 별장의 생각은 어떠한가?"

김 별장이라고 불린 사나이는 김권이었다. 물으나마나 최천중이 돈을 써서 김권을 별장의 자리에까지 높여놓은 것이다.

"선생님의 말씀이 지당합니다. 지금 별기군別技軍이라고 해서, 일본 놈 교관을 데려다가 신식으로 훈련하고 있는데, 별기군이라고 해봤자 우리 군사니까 끝내는 우리 편이 되겠지만, 둬두면 세력이 커갈 뿐이고, 혹시 친일세력으로 될지도 모르는 일 아닙니까? 그러니 거사는 빠를수록 좋다고 생각합니다."

하곤, 김권이 말을 이었다.

"그러나 연치성 형님 말 그대로, 가을의 거사는 시기상조가 아닐까 합니다."

"지금 김 별장의 뜻대로 움직일 수 있는 군사가 얼마나 되겠소?"

하고 최천중이 물었다.

"바람을 타면 한양에 있는 군사 오천 명을 전부 뜻대로 움직일 수 있고, 역풍을 만나면 불과 오십 명을 움직일 수 있는 정도인데, 웬만한 정세이면 오백 명은 믿고 동원할 수 있습니다."

"역풍에도 오십 명이면 그건 대단하오."

연치성이 한 말이다. 역풍에도 오십 명을 뜻대로 할 수 있다는 것은 결사대가 그만큼 된다는 얘기다. 군대 내부에 결사대 오십 명의 심복을 가졌다면, 바람에 따라 능히 오천 명, 아니, 전군을 움직일 수가 있는 것이다.

"그러나 그것 가지곤 부족하오."

연치성이 말을 바꿨다.

한동안 침묵이 흘렀다.

"아무튼, 이번 가을을 넘기면 만사가 수포로 돌아갈 것 같애."

최천중이 한숨을 쉬었다.

최천중이 본격적으로 왕실을 뒤엎기 위해 행동을 개시한 것은 정확히 3년 전의 일이다. 3년 전 여운 선생이 돌아가시고, 민 왕비의 횡포로 삼전도장이 해산되었을 때, 최천중은 이를 갈았다. 그렇지 않아도 시기를 노리고 있던 차에 그런 꼴을 당하니 분격에 넘쳤던 것이다.

그러기에 앞서 7년 전, 그러니까 지금으로부터 10년 전, 영월에서 농사를 짓고 있던 김권을 데려다가 무영武營의 장교로 넣고, 윤량을 포도청에 넣고, 이책은 남아 영월의 산장과 농토를 지키도록 했다.

한편, 연치성과 박종태도 진사의 벼슬을 가졌다. 모두 돈으로 사들인 벼슬이다.

뿐만 아니라, 최천중은 유위有爲*한 인재라고 보면 주선해서 적성에 맞는 자리에 앉히고, 전국의 서원에 있는 유생들을 심복으로 사귀어놓았다.

천주교의 잔당은 모든 정성을 다해 보호하고, 세를 펼치기 시작한 동학교도 내부에도 심복을 잠입시켰다.

경사京師에 불길이 오르기만 하면 전국 각지에서 호응할 수 있도록 착착 그 준비를 서두르고 있는데, 그러기 위해 든 재물이 얼마나 되는진 최천중 자신이나 알까 아무도 모르는 일이었다.

그런데도 거사 준비가 지지부진하니 최천중으로선 초조하지 않을 수 없었던 것이다.

박종태가 입을 열었다.

"움직이지 않는 바위를 움직여 굴러떨어지게 하려면 여간 힘드는 것이 아닙니다. 움직이기 시작한 바위면 조금 힘을 보태도 굴려 떨어뜨릴 수가 있습니다. 지금 조정은 썩어가는 바위와 다름없으나, 그 뿌리가 깊습니다. 깊이 뿌리를 박고 놓인 조정을 우선 흔들리게 해야 하는데, 그 시기는 대원군이 민씨녀에 의해 축출될 때가 최고였습니다. 우리는 이와 유사한 기회를 포착해야 합니다. 아니, 그런 기회를 만들어야 합니다. 그러자면 권토중래를 꾀하고 있는 대원군에게 힘을 보태주어야 합니다. 충동질을 하는 겁니다. 그리고 한쪽으론 장병들을 선동해야 합니다. 듣건대, 별기군에겐 새

---

* 쓸모 있음.

로운 군복을 주고 급료를 후하게 주기도 하는데, 원래부터 있던 무영武營, 장영壯營의 장병들은 지금 끼니를 굶고 있는 형편이라고 합니다. 그래서 불만이 대단하다고 들었습니다. 한쪽으론 대원군을 충동질하고, 한쪽으론 장병들을 선동해서 무슨 난을 일으켜놓기만 하면, 그 틈을 이용할 수 있지 않겠습니까? 평지에 바람을 일으키려면 연치성 형님이 말씀하신 대로 대단한 준비가 필요하겠지만, 이미 일어난 바람을 타고 거사하면 되는 것이 아니옵니까? 그러니 지금부턴 원래 목적한 대로 준비를 게을리하지 않되, 대원군과 장병들에 대한 공작을 펼 필요가 있지 않을까 합니다."

최천중이 무릎을 탁 쳤다. 그리고 일어서서 말했다.

"내일 밤엔 회현동에서 만나자. 난 지금부터 할 일이 있다."

마포 최팔룡의 집 별채 뒷문으로 나온 최천중은 긴 도포자락을 휘날리며 염천교 쪽으로 향하고 있었다.

오십 세를 한 해쯤 앞둔 나이인데도, 걸음걸이로 보아 아직 청년처럼 건장했다.

그는 가끔 지면이 있는 사람을 만나면 활달하게 인사를 주고받으며 계속 걷더니, 염천교로 빠지는 길과는 반대쪽의 골목으로 접어들어 비탈을 오르기 시작했다.

비탈 중간에 정자나무가 서 있는데, 정자나무는 신록의 앞을 치장하고 바야흐로 여름으로 접어들 계절을 알리고 있었다.

최천중은 그 정자나무에 잠깐 기대서서 성 안쪽으로 시선을 돌렸다. 서쪽으로 기울어든 햇빛을 받고 거리엔 사람들이 붐비고 있었다. 남대문을 드나드는 사람들도 끊임이 없었다. 그러나 왠지 쇠잔한 느낌이 군데군데 스며 있었다. 따스한 햇볕인데도….

최천중은 다시 걸어 오르기 시작했다. 공지가 끝나고 돌 축대가 시작되려는 지점으로 갔을 때, 그 위쪽 집에서 와글와글한 소음이 들려왔다. 처음 듣는 사람은 그것이 뭣인지 알 까닭이 없지만, 간혹 찾아온 적이 있는 최천중은 그것이 글 읽는 소리란 걸 알고 있었다. 그런데 그 글 읽는 소리는 이상했다. 진서를 읽는 것도 아니고, 국문을 읽는 것도 아닌, 그야말로 이상한 소리였다.

잠깐 그 소리에 귀를 기울여보니, 다음과 같은 소리다.

"디스 이즈 아 독이라면 차시일견此是一犬이매, 이것은 한 마리의 개."

"아이 암 아 보이는 아시소년我是少年이매, 나는 소년이니라, 유아 어 젠틀맨은 여시군자汝是君子이매, 너는 군자이니라…."

"더 선 라이지스 인 디 이스트는 양승동방陽昇東方이매, 해가 동쪽에서 뜬다는 것이고, 더 선 셋 인 더 웨스트는 양침서방陽沈西方이매, 해가 서쪽으로 진다는 것이니라…."

알고 보면 영어를 배우고 있는데, 그 교과서가 청나라에서 만들어진 것이라서 이처럼 절차가 복잡했다.

그러나저러나, 최천중에겐 개구리 우는 소리로 들리는데, 이 소릴 들을 때마다 최천중의 얼굴에 빙그레 웃음이 돈다.

웃음을 띤 얼굴 그대로 최천중은 반쯤 열려 있는 대문을 들어서서 와글와글 소리가 나는 곳과는 반대되는 쪽의 방문 앞에 섰다.

"조공 계시나?"

"히어 아이 암."

하는 우람한 소리와 함께 방문이 열렸다. 헐어빠진 마고자를 입었으나, 잘 다듬어진 수염이나 준수한 이마가 비범한 인물임을 알려주고 있다. 나이는 마흔 안팎으로 보인다.

"올라오시오."

조공이라고 불린 사람의 말이다.

최천중은 방안으로 들어갔다.

좌정하자, 조가 물었다.

"웅서 형이 돌아오시질 않는데, 어떻게 된 겁니까?"

최천중이 답했다.

"김공은 내일쯤 오실 거요."

웅서란 곧, 왕문과 민하를 상대로 시국을 논한 김웅서를 말한다.

조공의 이름은 조동호. 웅서와 동호는 제자들을 시켜 여기에 영어학당을 차려놓고 있었던 것이다.

"대강의 복안이 섰소?"

조동호가 물었다.

"아직 오리무중이오."

최천중이 씁쓸하게 답했다.

"빨리 손을 써야 하는데…."

하고, 조동호가 얼굴을 찌푸렸다.

말이 오가는 것으로 보아, 두 사람 사이엔 무슨 밀약이 있는 것 같았다.

조동호는 이어 최근의 국제정세를 얘기했다.

얘기를 들으니, 빨리 거사하지 않으면 일본과 청국의 손이 조정에 깊이 뻗쳐 곤란하게 될 것이란 의견을 말한 사람이, 그 조동호란 사람이라는 짐작을 할 수 있었다.

"그런데 말요."

하고 최천중이 물었다.

"요즈음 운현궁의 동정이 어떻다고 합디까?"

"민녀閔女가 병정을 보내 그 집을 포위하고 있으니, 외인이 드나들 수가 없다는군요. 그러니 동정을 알 수가 있어야지."

이렇게 말하는 조동호는 대왕대비 조씨와 먼 친척뻘이 되었다. 그런 까닭으로, 일찍이 연경燕京 유학을 할 수가 있었다. 그러나 한사코 관직에 들어갈 것은 고사했다. 그의 말에 의하면, 이李 왕조는 불원 망하게 돼 있는데, 파선할 배를 무슨 까닭으로 타겠느냐는 것이다.

"충신의 편이 천 명이라면 역적의 편도 천 명이라고 했는데, 대원군과 기맥을 통하고 있는 장병들도 꽤나 있을 것 아닐까요?"

"그야 있겠죠. 그러나 병정이란 것은, 지금 받들고 있는 상사에겐 꿈쩍도 못 하는 법이오. 설사 대원군에게 기울어든 마음이 있다고 할지라도…."

"대원군이 가만있을 리는 없지 않소? 며느리에게 당하고만 있을 사람이 아니잖소?"

"마음이야 그렇죠. 그러나 어디 마음대로 되나요?"

"그래서 의논이오. 장병들과 대원군이 기맥을 통하게 해서 한 바람 불리는 겁니다. 민 왕비와 대원군이 각각 장병을 동원해서 정면

충돌하도록 만드는 거죠."

"어떻게…?"

"지금 장병들의 사정이 극히 딱하답니다. 대원군이 지령을 내려 장병들이 대궐을 점거하도록 시키는 겁니다. 장병들만 일어서면 일은 여반장如反掌 아니겠소? 그렇게 해서 대원군이 왕권을 차지하도록 해놓고, 얼레설레하는 틈을 타서…."

최천중은 마지막 말은 생략해버렸다. 말하지 않아도 서로의 의중을 알고 있기 때문이다.

"대원군의 지령을 받아내는 수가…?"

조동호는 생각하는 빛이 되었다.

"지령을 대원군으로부터 받을 필요가 뭐 있겠소. 대원군의 은근한 지령이라고 장병들에게 전하면 되지. 요는, 전하는 사람이 문제로 되는 겁니다. 전하는 사람이 대원군의 지령을 받을 만한 사람이라고 인정받으면 되니까요."

"한번 해볼 만한 일이오. 웅서 형이 돌아오거든 같이 의논해봅시다."

하는 조동호의 미우眉宇에 무슨 각오 같은 것이 서렸다.

조동호는 이른바 귀족 자제들 가운데 음연*한 세력을 가지고 있는 인물이었다.

뿐만 아니라, 조동호는 천진天津에 있는 영국인 리처드 리치와 밀접한 관계를 맺고 있었다.

---

* 陰煙: 침침하게 연기가 끼어 잘 보이지 않음, 즉 은밀함.

리처드 리치는 천진을 본거로, 영국의 대청무역對淸貿易을 총지휘하고 있었다. 신분은 상인이지만 영국 정부 내에 막강한 영향력을 가지고 있었다. 영국의 극동정책은 그의 일존一存*으로써 결정된다고 해도 과언이 아니었다. 청국에 주재하는 영국공사가 본국에 보고할 때는 언제나 리처드 리치의 의견을 들어야만 했다.

조동호가 리처드 리치를 알게 된 것은, 우연한 기회로 그가 리처드의 통역을 맡게 된 때문이었다. 용의주도한 리처드는 배영심排英心이 농후한 청국인을 경계한 나머지, 비청국인非淸國人인 통역을 구하고 있던 중, 당시 천진에 머물러 있던 조동호를 발견하게 된 것이다.

리처드는 보통 상인이 아니었기 때문에 조동호의 포부와 기개를 곧 알게 되었다. 동시에 조선의 형편이 말이 아니란 사실도 알았다. 서로 뜻이 통하여, 리처드는

— 미스터 조가 중심인물이 될 수 있는 정부를 만들기만 하면, 아니, 선포라도 할 단계가 되면 영국의 국력을 총동원해서라도 도울 용의가 있다.

는 말을 했다. 그리고 혁명 전략의 공식 같은 것을 가르쳐주었다.

리처드의 발상은 다음과 같았다.

현재의 조선 군대의 일부를 매수하거나 포섭해서, 당장 현 정부를 전복하고 새로운 정부의 간판을 걸기만 하면, 함대를 인천에 출동시켜 시위도 하고 실력행사도 해서 위급한 고비를 넘기게 하고,

---

* 혼자만의 생각.

그동안 청국 정부를 설득하여 신정부를 승인케 하는 동시에, 주청 영국공사 파크스를 시켜 일본 정부도 견제하겠다는 것이다.

― 지금 청국공사로 와 있는 파크스는 전에 일본에서 공사직을 맡아본 일이 있어, 일본 정부는 절대로 그의 의사에 추종하게 돼 있다. 현재 일본은 영국을 배우느라고 한창이다. 그들은 동양의 영국이 되겠다는 포부를 가지고 있다. 그러니 일본은 영국의 말을 잘 듣게 돼 있다. 뿐만 아니라, 영국이 거들면 러시아도 견제할 수 있으니까, 너희들의 일은 백 프로 성공할 수가 있다.

고까지 했다.

피 끓는 청년 조동호가 이런 말에 자극을 받지 않을 까닭이 없었다.

앞으로 연락할 방법을 세밀하게 협의해놓고 조동호는 고국으로 돌아와 최천중을 찾았다.

최천중을 조동호가 찾은 이유는, 대원군의 천주교도 박해를 피해 청국으로 들어온 사람들의 입을 통해서 그 사람됨을 알았기 때문이다.

― 우리는 그분의 은덕으로 이렇게 살아나온 겁니다. 그분이 준 돈으로 배를 사서 황해를 건널 수 있었습니다. 최천중이란 분은 멀리 앞날을 기하고 있는 훌륭한 인물로 알고 있습니다.

하는 말을 듣고 최천중을 찾았는데, 만나자마자 두 사람은 의기가 투합되었다. 그리하여 간담을 서로 비춰보는 사이가 된 것이다.

조동호는 영어학당을 만들어 후진을 양성하는 한편, 자기의 영향력이 미칠 수 있는 사람을 주위에서 모으기로 하고, 최천중은 그

나름대로 공작을 시작했다. 그러길 어언 3년, 상당한 세력으로 부풀어오르긴 했으나 결행을 하기엔 불안한 그러한 상황이었다.

"며칠 전에도 천진서 연락이 왔습니다. 어떻게 되는가 하구."

조동호의 눈이 먼 빛으로 되었다.

최천중이 다음의 말을 기다렸다.

"지금이야말로 절호의 기회라는 겁니다. 청국은 지금 제정신이 없고, 일본도 내치에 바빠 조선 문제에 대해선 소극적 정책이란 겁니다. 그러니 이 시기를 놓치면 어렵게 된다는 건데, 그것도 그럴 것 아닙니까? 청국이나 일본이 조정에 깊숙이 파고들어 밀접한 관계라도 맺어놓으면, 아무리 영국이라도 수를 쓰기가 어려울 테니까요."

"그런 사정을 나도 아오만, 장병을 포섭하기란 여간 힘드는 일이 아닌가 보오. 탄로 나지 않게 포섭한다는 게 말요. 썩은 군대라도 지휘 계통에서 벗어나기란 힘드는 모양이오."

"그럴 테지. 장병이라고 하는 것은 원래 그렇고 그런 게 아닙니까? 그런데 어떻습니까? 확실히 포섭된 숫자는 얼마나 되는지요?"

"김 별장의 말이, 순풍이면 전군도 이용할 수 있지만, 역풍이면 오십 명 안팎…."

"역풍에도 줄잡아 천 명은 이쪽 편이라야 하오. 그렇지 않곤 거사가 곤란하지 않겠소?"

"그러니까, 대원군과 민녀 사이에 무력충돌이 일어나도록 하자는 것 아닙니까?"

"화중火中에 밤을 줍자는 얘기로구먼요. 그러나 그건 안 돼요.

다."

"일이 났다고만 하면, 반조정反朝廷의 세력이 요원의 불처럼 일어날 테니까…."

"그만한 준비는 돼 있소?"

"물론이오. 불을 지를 장병이 문제지 그 다음의 일은 걱정이 없소이다. 동학당, 천주교의 잔당, 전국의 유생들이 한양의 하늘만 바라보고 있는 중이니까요."

아닌 게 아니라, 최천중의 그 포섭엔 자신이 있었다. 그래서 다음과 같은 말을 해보았다.

"조공, 어떻겠소? 지방에서 시작해서 한성으로 쳐들어오면, 그렇게 되면 한성에 있는 장병들의 호응도 있을 테구."

"천만에, 그건 안 됩니다. 열의 힘이 있다면, 그 힘 가운데 아홉의 힘을 합해 중앙을 잡아야 합니다. 중앙을 잡곤 새 정부의 간판을 걸어야 합니다. 영국의 세력을 재빨리 끌어들여야 하니까요. 뒷수습은 영국에 부탁해야 합니다. 국내의 문제를 해결하는 데도 필요하고, 외국의 간섭을 배제하는 데도 절대로 필요합니다."

"그러나…."

하고, 최천중은 생각에 잠겼다. 지방에서 세를 올려, 차츰 그 세를 증가시켜 중앙을 무너뜨리는 것이 타당할 것 같은 생각이 없지 않기 때문이었다. 아무리 부패되어 있는 나라라 해도, 중앙을 일거에 장악한다는 것은 거의 불가능한 일이 아닐까?

최천중의 이러한 마음의 움직임을 꿰뚫어본 듯, 조동호가 말했다.

"일거에 중앙을 잡지 못하면 우리의 거사는 불가능합니다. 그게 안 되면 포기해야죠. 중국에서 태평천국이 실패한 것도 중앙을 잡지 못해서입니다."

태평천국 얘기가 나오기만 하면 조동호는 웅변이 된다.

태평천국이란, 1851년부터 1864년까지 지속된, 홍수전洪秀全을 수령으로 한 반청혁명군反淸革命軍이 남경南京을 중심으로 해서 세운 나라이다. 태평천국의 전성시엔 그 세위가 강소성江蘇省, 절강성浙江省은 물론, 호남성湖南省, 안휘성安徽省, 강서성江西省에까지 미쳤다. 군, 관에 의한 약탈은 금지되고, 소작인들에게 땅을 주고, 노인과 불구자를 돌보는 복지정책을 시행하는 등 치적에 볼 만한 것이 많았다. 넓게 깊게 민심을 흡수한 것도 사실이다.

"만일 태평천국이 오늘에까지 계속되었더라면, 중국 전체를 그 지배하에 넣었을 것은 물론이고, 지금 막강한 나라로 되어 있을 것이오."

조동호는 스스로 아쉬운 듯 말에 감동을 섞었다.

"그런데 왜 망했을까요? 민심을 넓게 깊게 파악하고 있었다는 데…."

최천중의 질문이었다.

"망한 원인이 곧, 청조의 중앙을 남겨놓았기 때문이오. 청조의 정부가 영·불과 손을 잡은 거죠. 영·불이 청조를 원조해서 태평천국을 없애버린 거요. 그러니 아무리 지방에서 일어서보았자, 중앙을 남겨놓는 한, 그 중앙이 외세와 결탁해서 반항을 하면 일이 안 된다는 거요. 썩어가는 정부를 적으로 했다면 그건 문제될 것도 없죠. 그런데 세계의 각국들을 적으로 돌리고 어떻게 감당을 하겠소. 그 막강했던 태평천국이 무너졌다는 사실, 그 사실이 곧 일거에 중앙을 장악하지 않으면 혁명이 불가능하다는 걸 가르쳐준 교훈이오."

"조공의 말대로라면, 영국이라는 나라는 그다지 좋은 나라가 아니지 않소? 그런 나라와 손을 잡아 뒤탈은 없을는지요…?"

최천중이 한 말이다.

"영국을 좋은 나라라고 할 순 없죠. 그러나 병을 고치려면 독을 먹어야 하는 경우도 있는 것이오. 우리는 이利만을 노리는 영국의 야심을 이용하자는 거요. 둘을 얻기 위해서 하나를 양보하면 되는 것이오. 장차 우리나라가 부강하게 되면 호혜평등을 찾을 수도 있겠죠. 그리고 지금의 세계는 나라가 고립한 채 지탱할 순 없게 돼 있소. 우리가 자력으로 이 나라를 건질 수가 있겠소? 부득이 외세를 업어야 할 판이면 세계 제일의 강국, 영국을 업는 것이 가장 유리하다, 이겁니다."

이건 언제나 조동호가 하는 소리고, 최천중은 이에 동조하고 있었다. 그런 만큼 그들 동지는, 외국 세력을 업는 데 따른 경각심은 가지고 있었다.

"악랄하긴 하지, 영국은."

하고 조동호는, 다시 태평천국에 대해 언급했다.

"그러나 영국인 자신이 그런 태도를 공격하는 게 볼 만하지. 스티플턴이란 사람은 이렇게 썼습니다. 영국의 정책이 세계에서 최선이라고 할 수 있는 것을 망친 일이 한두 번 아닌데, 그 가운데서도 태평천국을 말살한 일이 최대의 범죄행위라고…. 그러나 영국은, 적으로 돌리면 악랄한 그만큼 우리 편으로 만들면 든든하단 말요."
하고, 조동호는 문갑에서 영서 한 권을 꺼냈다.

그 영서의 한 군데를 펴놓고,

"우리도 거사 일정이 정해지기만 하면 격檄을 방방곡곡에 돌려야 할 것 아니오? 그때 궤범軌範이 되지 않을까 해서 간수해둔 것인데, 이건 태평천국 홍수전의 격이오만…."
하고, 조동호가 우리말로 번역하며 읽어 내려갔다.

하늘을 받들고 운을 이어, 태평천국의 통리統理 군기도독軍機都督 대원수 홍洪은 이에 기쁜 마음으로 벌포구민伐暴救民할 것을 고한다.

천하의 탐관이 강도보다도 가혹하고, 아문衙門의 오리汚吏들이 호랑虎狼과 다름이 없음은 모두가 아는 바인데, 이 모두가 무도한 인군人君이 군자를 멀리하고 소인배를 가까이하여 관을 팔고 작爵을 노략질거리로 삼아 현재賢才를 억압한 데서 기인한 것이니라. 고로, 이利를 탐하는 풍이 날로 치열하여 상하 할 것 없이 이록利祿을 얻으려고 다투는데, 부귀를 누린 자는 악행이 있어도 모면하고, 빈천한 자는 억울한 죄명을 뒤집어써도 밝힐 수가 없도다. 전량(錢糧, 세금稅金)의 일사一事만을 보더라도 계속 증增하기만 하니, 민의 재財는 바닥이 나고, 민의 고苦는 극한에 이르렀다. 우리 인인의사仁人義士는 이러한 상황을 보고 마음을 상하고만 있을 수 없어, 각주各州의 탐관오리를 제멸除滅하여 백성을 수화水火로부터 구하고자 하노라. 지금 대군이 구름처럼 모여 광서廣西를 평정하고 장사長沙

또한 평정하니, 강남江南에 미리 고하고자 하는 바는, 무릇 우리 백성들은 놀라지 말지며, 동요하지 말지며, 농상공가農商工家 등은 모름지기 안심하고 생업에 전심하라. 그러나 부유한 자는 지체 말고 양식을 예비하여 우리의 병량兵糧을 도우라. 다과多寡의 수목數目은 친히 스스로 보명報明하라.

각각 차권借券을 급하여 후일 청상淸償의 증거로 할지니라. 너희들 가운데 용력勇力 있는 자, 지모 있는 자는 동심갈력同心竭力하여 의거에 바치라. 승평承平의 날을 기다려 응공영봉應功榮封하리라. 현임現任한 각 부·주·현 관원은, 거역하는 자는 치고, 순종하는 자는 관인官印을 인계받은 후 고향으로 돌아가게 할지니라. 그 밖의 표랑漂狼과 같은 차역差役들은 이를 모조리 효수하여 시중示衆하리라. 혹은 유적流賊들이 이때를 틈타서 소란을 피울 경우도 있으리라. 그때는 지체 말고 지명구보指名具報하면 당장에 이를 제거할지니라. 한데, 향민鄕民으로서 적관賊官을 도와 작화作禍하고 우리 사졸들에게 반항하는 자 있으면 부, 주, 현, 향, 촌의 여하에 불구하고 발본제멸拔本除滅할지니라. 거역하지 말지니라!

"어때요, 이 문장?"

조동호가 물었다.

"몇 군데만 고치면 그냥 우리가 쓸 수 있겠소이다."

최천중이 말하고, 그 문장의 웅혼 강력함에 깊은 감동을 받았다고 말했다.

"그러나 우리는 이보다도 더 강력한 격檄이라야 할걸요."

조동호의 말엔 힘이 있었다.

"어때요. 마음도 우울하고 하니 남촌에 나가서 술이나 한잔합시다."

최천중이 넌지시 말하자, 조동호는

"주론천하사酒論天下事하고 야취침夜就寢인가?"

하고, 육간 창문을 열며 불렀다.

"송공!"

"예."

하고 저편에서 청년이 얼굴을 내밀었다.

"나, 최 선생허구 잠깐 나갔다가 올 테니, 그리 알게."

"예."

송공이라고 불린 청년이 최천중을 보자 목례를 했다.

조동호의 바로 밑에서 송, 권, 이 세 청년이 학생들을 직접 지도하고 있었다. 조동호는 그 세 청년만 가르치고 있는 것이다.

두 사람은 천천히 비탈길을 내려가 남대문 쪽으로 향했다. 길이 곳저곳에 말똥, 쇠똥이 질펀하게 널려 있었다.

"최공."

조동호가 불렀다.

"뭐요?"

하는 최천중의 눈을 그 말똥과 쇠똥이 있는 곳으로 끌며,

"아마, 이렇게 추잡스런 거리는 세계 다른 곳에는 없을 거로구먼."

하고 조동호가 혀를 찼다.

조동호는 연경과 천진의 거리가 깨끗한 것을 눈여겨보아왔기 때

문에, 항상 한성의 추잡한 거리에 대해선 불만이었다.

"좋으나 궂으나, 이곳이 내 땅인 걸 어떻게 하우."

최천중의 말이었다.

"우리 둘만으론 뭣하니, 서춘생徐椿生을 데리고 갈까?"

조동호의 말이었는데, 서춘생은 진고개에서 살고 있었기 때문에, 그들이 가는 도중에 있었다.

서춘생은 마침 집에 있었다. 봉창 너머로 최천중과 조동호의 얼굴을 보자,

"또 술 생각이 난 게로군."

하고 웃곤, 두루마기를 걸치며 나왔다.

서춘생은 개화파의 논객이었다. 어윤중魚允中과 김옥균金玉均과 막역한 사이였으나 정견엔 차이가 있었다. 어윤중, 김옥균은 조정 중심의 개혁파였지만, 서춘생은 조정을 타도의 대상으로 치고 있다는 점에서 최천중, 조동호와 뜻을 같이하고 있었다.

천천히 걸으며, 조동호가 물었다.

"어윤중한테서 무슨 연락이라도 있던가?"

"엊그제 편지를 받았어, 윤식允植으로부터. 지금 천진에 있대."

서춘생이 답하자, 조동호는

"놈들 잘두 놀아나는구먼."

하고 빈정댔다.

"어윤중이 어떤 사람인데 놀고 있을라구."

최천중이 한마디 끼였다.

최천중은 환재 박규수 집에서 어윤중을 알고부턴, 그 십오 세나

연하인 청년에게 정애의 마음을 가꾸어나갔다. 김옥균도 거기서 알았는데, 최천중은 어윤중, 김옥균에게서 나라의 장래를 보는 듯한 느낌을 가졌다. 둘 다 현란하다는 표현을 써야만 적당한 청년들이었다.

그런 만큼, 최천중은 은근한 기쁨을 갖게 되기도 했다. 즉, 천하의 대재大材라고 할 수 있는 어윤중, 김옥균의 재능도 퇴색해 보일 만큼 수발한 인재인 박종태, 민하, 강원수 등을 자기의 측근에 두고 있다는 기쁨이었다.

한창 뭐라고 지껄이며 앞서가고 있는 조동호와 서춘생의 뒤를 천천히 따르면서, 최천중은 최근에 발견한 황현黃玹이란 청년에 생각이 미쳤다.

전라도 순천이 고향이라고 하는 황현은 당년 27세의 청년이었는데, 그 지박혜심智博慧深이 보통이 아니었다. 그리고 대개의 경우, 재승才勝하면 경박의 흠이 있는데, 황현은 그렇지가 않았다.

어윤중에겐 자신自信에서 비롯된 자만이 있었고, 김옥균에겐 호탕이 과하여 과대誇大가 있었다. 그런데 황현에겐 그런 데가 없었다. 그러한 장점이 행동을 둔하게 하여 퇴영退嬰*의 기분이 없지 않다는 게 흠으로 보였기에, 어느 날 최천중이

— 황공에게 호담豪膽을 가加하기만 하면 천하에 당적할 자가 없을 것인데….

하고 개탄한 적이 있었다.

---

* 뒤로 물러나 가만히 틀어박혀 있음.

그때 황현은 대답은,

— 적은 소생의 내부에 있소이다. 그러니 전 외부의 적을 두렵게 생각진 않소이다. 소이능로少而能老하고 노이능소老而能少할 수만 있으면, 과過도 없고 부족도 없을 것이 아니겠습니까? 호담은 소생이 바라는 바 아니올시다. 절조지신節操持身이면 호담 없이 지낼 수 있지 않겠습니까?

젊어선 능히 노인처럼 행세할 수 있고, 늙어선 능히 청년처럼 행세할 수만 있으면 되는 것이지, 호담을 바랄 필요는 없다는 말이었는데, 최천중은 그 말에 감명을 받으면서도 옥에 티를 느꼈다.

"하필이면, 이때 모두들 외지에 가 있으니…"

서춘생의 투덜대는 소리가 있었다.

구체적으로 듣지 않아도 그 말뜻을 최천중은 알았다. 어윤중이 천진에 있고, 김옥균이 일본에 있고, 그들이 선배로 받드는 강위姜瑋도 지금 중국에 가 있는 것이다.

"되레, 그자들이 없는 게 거사엔 나을지 몰라."

한 것은 조동호.

"그러나 사후의 수습은 그들이 있어야 할 것 아닌가?"

한 것은 서춘생.

그들의 말을 띄엄띄엄 들으며, 최천중은 다시 자기의 생각을 좇았다.

이른바 혁명파는 지금 두 갈래가 나 있었다. 개화파와 거사파가 그것이다. 개화파는 국왕을 계몽하여 서서히 개화정책을 쓰자는 것이고, 거사파는 국왕도 여차하면 몰아치우고 미국과 같은 공화제를 하자는 의견인 것이다.

그런데 거사파에 속해 있긴 하나, 최천중은 신왕실新王室의 건립을 목적으로 하고 있었다. 그러나 그것을 조동호, 서춘생 등에게 발설할 순 없었다. 이 왕조가 무너지고 새로운 정체가 논의될 때, 최천중은 막강한 재력을 뒷받침하여 왕문의 등극을 꾀할 참이기 때문이었다.

그러나저러나, 생각하면 할수록 곤란한 문제가 가로놓여 있었다. 개화파와 거사파가 힘을 합하기만 하면 동학과 천주교의 잔당을 규합해서 건곤일척할 기회가 없지도 않을 것 같은데, 혁명파 자체가 두 동강 나 있으니, 첫째, 그것이 문제가 되지 않을 수 없었다.

최천중 일행이 가고 있는 곳은, 남촌 저동苧洞에 있는 양주집이었다. 양주집의 주인은 퇴기 여란, 최천중이 젊었을 적에 드나들었던 다동의 그 여란이다.

여란은 최천중이 마련해준 그 집에서 십 수 년래 술장사를 하고 있었다.

그러나 양주집이란 옥호는 여란이 지은 것이 아니다. 여란의 선배인 노기老妓가 그 이름으로써 장사하고 있던 집을 인수하여, 그냥 그대로 이름을 남겨놓은 데 불과했다.

한데 양주집의 특징은 집 구조 자체를 내실, 중랑, 외랑으로 나눠, 외랑에선 선술집과 다름없는 양식으로 영업하고, 중랑에선 기생을 불러다놓고 놀 수 있게 영업하고, 내실은 최천중과 그의 친구들만이 드나들게 되어 있다는 데 있었다.

그러니 최천중은 양주집에 오기만 하면, 자기 집에 온 거나 다

름이 없었다. 기생들을 부르지 않을 경우엔 비밀 얘기를 거기서 할
수가 있었다. 자기의 손님이라고 알려놓기만 하면 최천중이 오지
않아도 다름없이 대접을 했고, 물론 술값을 받는 법도 없었다. 그
래도 억지로 술값을 주고 가는 손님이 없진 않았지만….

최천중은 또한 이곳을 시정의 공기를 알아내는 정보원으로서도
이용하고 있었다. 외랑과 중랑엔 조심스럽게 손님들의 얘기를 듣고
전하는 중남이들이 있었다. 세상사는 술집에서 듣는 것이 최상이
었다. 술에 취하게 되면 대개 입이 헐하게 되어 먹었던 마음을 토로
하게 마련이다.

깊숙한 방에 좌정하자, 최천중이 물었다.

"부를까?"

기생을 부를까 말까 하고 물은 것이다.

"한두 잔 한 뒤에 부르지."

서춘생이 말했다. 기생을 부르기에 앞서 할 이야기가 있다는 뜻
이다.

기생을 부르지 않을 땐 주인인 여란이 술심부름을 해야만 했다.

사십 세를 몇 살 남긴 여란의 얼굴엔 잔주름이 생겨 있었다. 최
천중의 잔을 채우고, 다음에 조동호의 잔에 술을 따르며, 여란이

"술은 여자가 따라야 한다지만, 이 늙은 게 술을 따라 무슨 풍취
가 있겠어요?"

하고 물었다.

"난은 춘란만이 좋은 게 아녀. 추란의 정취가 더욱 좋지."

조동호의 말이다.

"상란霜蘭이란 것도 있어. 난지수蘭之秀는 상란이란 말조차 있는데…."

서춘생이 거들었다.

"아직 검은 머리로 있는 우리 여란일 보고 상란이라니, 당치도 않아."

최천중이 넌지시 한마디 했다.

"그 말씀 이상으로 반가운 말씀 없사와요."

여란이 진정 기쁜 표정이었다.

"우리들은 항상 두 분 상사相思 놀음의 구경꾼이라니까."

조동호가 웃었다.

"구경꾼이 뭣인가? 조흥자助興者지."

하고, 서춘생이 말을 고쳤다.

이런 허튼 말을 해가며, 순배가 도는 바람에 기분 좋게 취해갔다.

"한 잔의 술에 이처럼 기분이 좋은데, 국사를 걱정한들 무삼하리오."

서춘생이 영탄조가 되었다.

"할 말이 있거든, 술 취하기 전에 말하게."

조동호가 서춘생을 향해 말했다.

"내 본심을 말하지."

하고 서춘생이 잔을 최천중에게 돌리고 말했다.

"나는 한사寒士*다. 단벌의 옷에 술반術飯을 그냥저냥 이어갈 정

***

* 가난하거나 권력이 없는 선비.

도이지만, 아사餓死는 안 할 거야. 이렇게 친구 덕분에 장안 명기가 따라주는 술을 마실 수도 있구, 게다가 나는 약간 아는 것도 많아. 이태백처럼 주일두시백편酒一斗詩百篇은 안 되지만, 주일승시일편 酒一升詩一篇** 할 순 있거든. 뿐만 아냐. 내겐 빼앗길까 봐 두려운 것도, 버려 아까운 것도 많아. 그런데도 나는 죽을 각오가 되어 있어. 저 형편없는 놈들의… 왕실인가 조정인가 하는 것을, 백해무익한 저것을 없애버리기 위해선 단연 죽을 수가 있어. 그런데 시정의 인간들은 그게 뭐냐 말인가? 산촌의 백성들은 그게 뭔가 말야? 산다는 게 수모일밖에 없는데, 산다는 게 고통일밖에 없는데, 버러지도 밟으면 꿈틀한다는데, 그게 뭔가 말야? 반항할 생각을 안 하니, 끌려가는 소처럼 껌벅거리며 말 한마디 못 하니, 글쎄 그네들이 사람인가? 그것들을 위해서 내가 목숨을 바쳐? 뭘 하게? 무슨 신명으로…? 그래서 나는 이번 일을 그만둬버릴까 하는 거여."

"잘 생각했어. 나도 가끔 그런 생각을 해보곤 하지."

하고 조동호가 말하곤 건네주는 술잔을 받으며 서춘생이 말을 이었다.

"이런 무력한 백성들을 데리곤 아무것도 될 것 같지가 않아. 오백 년 동안 돼먹지 않은 왕실에 깔려 꿈쩍 못 하고 짓밟혀온 꼬락서니를 보면 가관이야, 가관. 그런 걸 생각하면 만정이 떨어져. 이거구 저거구 집어치워버리고 싶어."

** 주일두시백편: 술 한 말이면 시 백 편이 나온다. 주일승시일편: 술 한 되면 시 한 편이 나온다.

최천중은 그들의 마음을 안다. 마음에도 없는 그런 소릴 할 만큼 울울한 것이다.

그러니 하나마나한 소리였지만, 다음과 같이 말하지 않을 수 없었다.

"무식한 백성을 나무랄 건 없어. 무식한 백성은 짐승이나 다를 바 없는 거라. 짐승이 어떻게 반항을 해? 나쁜 건 식자가 든 놈들이다. 명색이 배웠다고 하는 놈들이 기를 쓰고 왕실에 잘 보이려들고, 그 힘을 업고 백성들을 억누르는 판인데 짐승처럼 무식한 백성들이 어떻게 할 건가? 반항도 못 하는 그들이 불쌍하지도 않은가? 그래서 일어서자는 게 아니었던가? 그런 핑계가 생겼으면 모두들 그만둬. 나 혼자 할 테니깐."

"최공의 말에 일리가 있어. 나쁜 건 식자들이다. 수구파들은 말할 것도 없구, 개화파들 꼬락서니 보라우. 국왕을 계도하여 국정을 개혁한다? 말 마슈. 따지고 보면 정 몇 품, 종 몇 품 하는 그 벼슬에 연연하고 있는 거라. 뜻은 있으되 벼슬은 버릴 수 없다. 감투를 쓴 채 좋은 나라 만들어보겠다는 거 아닌가? 그게 될 말인가? 오백년을 추잡하게 끌고 오다가, 지금은 중병에까지 걸려 있는 왕실을 기사회생시켜 그 그늘에서 개혁을 하겠다는 말은, 개혁하지 말자고 외고 펴고 하는 수구파들보다도 더 어리석은 짓이 아닌가. 내 어윤중이나 김옥균이 돌아오기만 하면 호되게 쏘아줄 테니까."

서춘생이 팔을 걷어붙였다.

"아깐 어윤중이나 김옥균이 있어야 할 것처럼 얘기하더니만…."

조동호가 한 말이다.

"그래도 팔은 안으로 굽는 게 아닌가. 일을 하려면 그들의 지혜를 빌려야 하니까…. 그들 없인 일이 안 돼."

서춘생의 이 말에 조동호가 발끈한 모양이었다.

"서공이 아까 뭐라고 했지? 뜻은 있으면서도 벼슬에 연연하고 있는 게 그들이라고 하잖았어? 그게 바로 본 거요. 한데, 그들을 상대로 어쩌겠다는 거여?"

"따져야지. 따져 그들의 태도를 바꾸도록 해야지."

"어림도 없는 소리 하지 말아요. 어윤중이나 김옥균이나 기타 등등은 거사가 성공하는 즉시 등용할 순 있어도 거사 전의 의논 상대는 안 돼. 거사 전에 의논했다간 거사도 못 하고 말게 될 거다. 난 그들의 의중을 잘 알고 있어. 서공이 아무리 호되게 꾸짖어봤자 태도를 바꿀 그들이 아냐. 그들과 의논하지 않곤 거사할 수 없는 일이라면, 나는 동조하지 않겠어."

"나도 그래."

하고, 최천중이 조동호의 말에 동의했다.

"난들 그런 생각을 왜 안 했겠나. 나도 조공의 생각과 똑같아. 놈들과 같인 일이 안 될 줄을 누구보다도 내가 잘 알고 있어. 그러나 그들의 마음을 사전에 돌려놓을 수만 있다면, 그 이상 바랄 것이 없지 않겠소."

"그야 물론이지만…."

하고 조동호는 술잔을 비웠다.

"며칠 전에도 똑같은 얘기들을 하시더니만."

여란이 웃으며 빈 잔에 술을 따랐다. 여란도 동지의 하나인 것이다. 가끔 이렇게 한마디씩 끼어들었다.

"여란이, 내 의견이 옳지?"

겸연쩍었던지 서춘생이 물었다.

"누가 옳고 그르고가 없지 않아요? 먼젓번엔 오늘 선생님이 하신 말씀을 조 선생님이 하셨사옵는데요."

여란의 말에 모두들 쓴웃음을 웃었다. 사정이 아주 그렇게 돼 있었기 때문이다. 아닌 게 아니라, 개화파 인사들의 문제는 이들에겐 중대했다. 모두들 친구 사이이기도 했으니, 적으로 돌릴 수도 없고, 마음을 허할 동지로 할 수도 없었다. 그런데 제반 사정으로 보아 그들을 동지로서 흡수해야만 되게 돼 있었다.

"그들이 충군사상에 철저해 있는 것도 아니고, 충군사상의 대상이 될 만한 왕실인 것도 아니고, 왕실의 권위를 업어야만 될 정도로 왕실이 강력한 것도 아닌데…. 뿐만 아니라, 모든 정치개혁의 방해물밖에 안 되는 왕실을 고집하는 까닭을 단순히 관직에 대한 미련이라고만 하기엔 그들의 인물이 아깝구…."

조동호가 이렇게 중얼거리자, 서춘생은 고개를 끄덕끄덕하더니,

"아무튼 그들이 돌아오길 기다려 넌지시 속셈을 한번 떠보구, 이렇게 하건 저렇게 하건 합시다."

하며 여란을 돌아보았다.

여란이 대뜸 눈치를 챘다.

"젊은 기생들이나 부릅시다. 왈가왈부한다고 밤 안으로 해결될 문제도 아니구…. 우선 머리라도 식히셔야죠."

최천중이 양주집에서 강개慷慨의 뜻을 주흥酒興에 섞어 조동호와 서춘생과 어울려 놀고 있는 무렵, 박종태, 연치성, 김권, 윤량은 공덕리孔德里 박종태의 집 안사랑에서 역시 술자리를 벌이고 있었다.

박종태의 집은 원래 처갓집이었다. 19년 전 종태가 처음으로 한양에 왔을 때 묵게 된 집이 포천집이란 삼개의 주막이었으며, 그때 포천댁이 박종태를 사위로 삼았으면 하는 소원을 품었었다.

박종태가 삼개의 거부 최팔룡의 주선으로 포천댁의 딸과 결혼한 것은 그로부터 3년 뒤, 그러니까 16년 전의 일이다. 종태는 포천댁의 후한 인심으로 해서, 그가 데리고 온 황두, 창두, 강두가 잘살게 되었다는 데 대한 감사를 깊이 느낀 까닭도 있었고, 포천댁의 딸이 비록 그런 장사를 하고 있는 집에서 자랐기는 하나, 천성과 배움이 요조숙녀라고 할 수도 있어 쾌히 그 집의 사위가 된 것이다.

공덕리의 그 집은 외관은 훌륭하다고 할 수 없었으나, 내부는 짜임새가 있게 돼 있었다. 특히 안사랑은 거리에서 멀어 바깥 소리도 잘 들리지 않으려니와, 거기서 하는 말도 바깥으로 새어나가지 않아 밀담을 하는 덴 알맞은 곳이었다. 게다가 아직 정정하게 살아 있는 종태의 장모는 음식 솜씨가 좋았기 때문에 술을 마시기 위해 다른 곳을 찾을 필요가 없었다.

술에 거나하게 취하자, 김권이 연치성에게 진담 반 농담 반 섞인 말투로 이런 얘기를 꺼냈다.

"국왕 내외가 없어지고 대원군이 없어짐으로써 우리 선생님의 의향이 성취될 수 있다면, 연공, 어떻소? 연공은 대원군을 맡으시오. 나는 왕 내외를 맡으리다. 그까짓 것 치워 없애는 것쯤이야 여

91

반장 아니겠소?"

"말해 무엇 하겠소. 김공, 선생님의 분부만 내리면 그렇게 결행합
시다."

연치성은 서슴없이 말했다. 연치성은 최근 총포술까지 익히고 있
었다.

김권의 무술도 거의 신기에 속했다.

이들에게 못지않은 무술자 윤량이

"두 분이 일을 전부 맡아버리면, 나는 뭘 해야 하겠소?"

하고 농담을 섞었다.

그것이 계기가 되어 세 사람 사이엔 무술과 병법의 얘기가 꽃피
었다. 무위영, 장어영 군졸들의 사기가 땅에 떨어져, 무슨 난이 일
어나기만 하면 외적外敵을 감당할 수가 없다는 얘기부터 시작해서,
정병 5백 명만 있으면 양영兩營 5천의 군졸쯤은 문제가 없다는 결
론으로 얘기가 번졌다.

"별기군은 어떨까?"

하고 윤량이 물었다.

"신식 무기로써 훈련을 받고 있다는 것뿐이지, 별것 없어. 가끔
평창平昌 교련장에 나가보곤 하는데, 기백이 들어 있지 않아. 오합
지졸이나 다를 바가 없어. 조정이란 대들보가 썩어 있으니, 그걸 지
키고자 하는 기백이 있을 까닭이 있소?"

"그러니까 선생님이 초조하신 거요. 일본의 세나 청국의 세가 이
정도일 때에 해치워야 하니까."

연치성의 말이었다.

"지금 군졸들의 사기가 완전히 땅에 떨어져 있거든. 원래 얼마 되지도 않은 녹을 일 년 가까이나 받질 못했으니 무리도 아닌 얘기지만…"

하는 김권의 말이 있자, 연치성이

"그것이 사실이냐?"

고 되물었다.

"사실이구말구. 하는 수 없이 나는, 직속 배하들에겐 끼니만은 굶지 않도록 선생님의 주선으로 배려하고 있지만, 다른 군졸들은 처참할 지경이오. 그러니 자연 민폐라는 것도 있지 않겠소?"

김권의 말이었고,

"대궐에선 매일매일 대연大宴이고, 대관들 집, 민족閔族들의 집들에서도 매일처럼 푸짐한 잔치인데, 군졸들은 그 꼴로 해두니, 그들에겐 눈이 없겠는가, 코가 없겠는가? 무슨 일이 나고야 말 거라."

이건 윤량의 말이었다.

이 얘기를 받은 김권,

"사기가 워낙 떨어져 있는 군졸들이란 건 밸조차 없는 모양이오. 마른풀과 같은 상황이라서 불을 붙이기만 하면 활활 타오를 거라고 생각하는데, 실상은 그렇지가 않아. 지렁이도 밟으면 꿈틀한다는데, 우리 군졸들은 밟혀도 밟혀도 꿈틀할 줄을 모르니 말야."

"꿈틀하는 지렁이는 살아 있는 지렁이가 아닌가? 가뭄에 물기를 못 얻는 지렁이는 밟아도 소용없어."

연치성이 어두운 표정으로 말했다.

"참, 가뭄이 너무나 계속되지?"

해놓고 윤량이 투덜댔다.

"열두 달 동안 쌀 한 톨 받지 못해도 꿈쩍을 안 하다니…. 그렇게 되면 군졸이 아닌 거지. 아니, 사람조차도 아닌 거지. 밟혀 죽어야 마땅할 패거리들이라고 할밖에…. 그런 군졸들을 포섭했다고 치고, 어디에 쓰겠나?"

"그러니까 포섭이란 게 안 되는 거야. 뱃심을 가졌어야 그 뱃심을 미끼로 포섭이라도 하지."

"석돌엔 불도 안 난다고 하더니, 바로 그거라. 모두가 썩은 나무요, 썩은 돌이라."

김권이 혀를 찼다.

박종태는 이런 얘기를 들으며, 빈 잔에 술이나 부어주면서, 골똘히 자기의 생각을 좇고 있었다. 동시에, 지난 19년 동안 망라해둔 동지의 수를 세어봤다.

박종태 자기를 중심으로 하면 사십 세를 넘은 장년들이긴 해도, 황두, 창두, 강두를 비롯해서 청주의 한공희, 철원의 강안석, 강화의 이근택, 박근재, 그 밖에 수십 명은 어김없는 동지로서 꼽을 수가 있었다.

종태 이전에 최천중과의 인연을 맺은 사람들, 즉 구철룡, 강직순, 허병섭, 정회수, 유만석, 박돌쇠, 그 밖에 수백 명쯤으로 헤아리는 동지들도 믿을 수가 있었다.

군사軍師 격으로 있는 연치성, 김권, 윤량, 이책 등은 말할 것도 없다.

이렇게 보면, 삼전도 이래 최천중의 막하에 들었다고 칠 수 있는 사람은 그 실수實數가 천 명은 넘어 있다고 보아야 할 것이다.

그러나 그런 세력 갖고는 웅대한 포부를 펴는 덴 어림도 없는 일이 아닌가.

박종태는 이책과 박돌쇠가 터전을 지키고 있는 강원도 영월의 산속을 생각했다. 그러한 곳 몇 군데를 근거지로 해서 만 명쯤의 정병精兵을 훈련시켜보면 어떨까 하는….

'만 명이면, 군량미만이라도 일 년에 오만 석, 무기 조달비만이라도 천만 냥….'

박종태는 머리가 무거워질 뿐이었다.

그러니 박종태는, 정부를 뒤엎을 만한 사병私兵을 양성한다는 것이 불가능하다는 것을 누구보다도 잘 알고 있었다. 그렇다면 성급하게 서둘 일이 아니지만, 최천중의 초조한 마음이 안타까웠다.

이때, 김권이 다음과 같은 말을 했다.

"무슨 일이건, 일은 일어나고 말 것 같다. 아들 재선載先까지 죽여놓고 운현궁의 늙은 여우가 가만히 있진 않을 것 같아. 군졸 사이에도 은근히 운현궁에 기대는 마음이 있는 모양이야. '대원위 대감이 집권하고 계실 땐 배를 곯아본 적은 없었거든' 하는 말이 자주 들려오기도 해. 지금 군졸들은 뜨거운 물에 데쳐놓은 낙지처럼 무기력하지만, 계기가 있기만 하면 무슨 짓을 할지 모르거든. 요컨대, 그 기회를 포착하기만 하면 되는데…."

"그것도 군졸들의 태반쯤을 장악하고 있을 때의 얘기지, 막연하게 그런 기회를 기다리고 있을 수만 있겠소?"

한 것은 연치성이었다.

"하여간 별로 서둘 건 아니다. 포도청 사람들도 손발이 묶여 있는 게 아니니까. 만사는 신중하게 해야 할 것이로구먼."

하고 윤량도 한마디 끼였다.

"그러나저러나, 일이 나기만 하면 건곤일척 해보는 거지 별수 있는가. 양편의 우두머리를 처치하고 나면, 다음 방책은 개화파들이 맡아 처리할 것이고, 개화파들이 등장하게 되면 그때 선생님의 뜻이 통할 수 있지 않겠는가."

김권의 말은 담담했지만, 그런 만큼 진실성이 있었다. 김권은 한다면 하는 사람인 것이다.

박종태가 비로소 입을 열었다.

"하나에서 열까지 계획이 서 있지 못할 땐 절대로 서둘러선 안됩니다. 일은 제대로 안 되고, 모든 책임만 이편에서 뒤집어쓰는 결과가 되게 마련이니까요. 내 의견은, 민녀閔女와 대원군의 싸움이 좀 더 계속되어 피차가 기진맥진해질 때까지 기다리는 게 좋을 것 같소. 그 이전의 거사는 결국 경거망동이 되는 거요."

"박공의 말이 옳아. 그러나 선생님의 말씀이 있지 않았는가. 조금만 더 시일을 끌면 일본이나 청나라의 세력이 깊숙이 파고들어 우리의 힘으로썬 어떻게 할 수 없는 판국이 될지 모른다구."

이것은 연치성의 말이었다.

화제가 얼마 전 체결한 조미통상조약으로 옮아, 병자년에 맺은 일본과의 수교조약과 비교해보는 토론이 벌어졌다.

윤량은,

"병자년의 강화도조약은 그야말로 국치라고밖엔 할 수 없는 것이지만, 이번의 조미조약은 그것에 비하면 체면을 살린 거니까 다행이라."

며 다음과 같이 덧붙였다.

"한 가지 불쾌한 것은, 일본과 조약을 맺을 땐 멀리서 구경만 하고 있던 청국이, 이번엔 정여창丁汝昌, 마건충馬建忠 등을 군함에 태워 보내는 등 위세를 보인 사실이다."

"청국에도 지금 자중지란이 나 있다는데, 위세를 부리면 뭣 할까. 일본인에겐 우리나라가 속방屬邦이 아니라고 해놓고, 미국에 대해선 속방이라고 우기다가 큰코다쳤다는 말이 있던데…."

연치성이 윤량에게 물은 말이었다.

술이 파하고, 모두들 잠자리에 들려고 할 때 연치성이 일어섰다.

"형님, 어디 가시려우?"

박종태가 물었다.

"조금 볼일이 있어."

거듭 물을 필요가 없었다. 깊은 밤에 거동을 하는 데 특별한 이유가 없을 까닭이 없다.

박종태는 얼른 앞장을 서서 뒷문을 열고 바깥을 살폈다. 수상한 흔적은 없었다.

"밤 안으로 오시겠습니까?"

종태가 나직이 물었다.

"일을 보면 새벽이 될 테니까 바로 집으로 가겠다."

는 말을 남기고, 연치성은 한길로 나왔다. 초여드레의 달은 지고 없었다. 칠흑의 어둠이 깔려 있었다. 연치성은 몇 걸음을 떼어놓으며 어둠에 눈을 익혔다. 그러고는 대낮의 넓은 길을 걷는 것 이상의 속도로 걸어갔다.

방향은 당인리 쪽.

한참 동안 한길을 걷다가 연치성은 논두렁길로 내려섰다. 무논과 무논 사이의 논두렁길을 그 짙은 어둠에도 불구하고 불안 없이 경쾌하게 걷고 있던 연치성은, 저편 산 아래에 어슴푸레 마을의 윤곽이 나타나자 가만히 서서 동정을 살폈다.

그러곤 안전하다고 보았던지 몸을 날려 어느 골목 안으로 사라졌다.

연치성은 어느 집 담장 옆에 붙어 서서 동정을 살피곤 가볍게 그 담장을 뛰어넘었다. 땅에 닿는 발소리도 없이 사뿐히 내려섰다.

내려선 바로 눈앞에 봉창이 있었다. 봉창을 두세 번 두드렸다.

방안에서 기동하는 소리가 있더니 '천지'란 나직한 소리가 들렸다.

연치성은 '영장'이라고 속삭였다.

이윽고, 바로 옆에 붙어 있는 광문을 닮은 판자문이 소리 없이 열렸다.

연치성은 그 속으로 미끄러져 들어갔다.

연치성이 방안으로 들어서자 불이 켜졌다. 망건만을 쓴 선비가 이불의 한 모서리를 치웠다. 연치성더러 앉으라는 시늉이었다.

그러고는 옆방을 향해 말을 건넸다.

"일어나라, 손님이 왔다."

옆방의 문이 열리는 소리가 났다.

바깥으로 나가는 소리가 있었고, 발대죽*이 엇갈리는 소리가 있었는데, 그 소리로 보아 두 사람이 움직이는 동정이었다. 물으나마나 망을 보러 가는 동작일 것이다.

"헌데, 밤중에 오십사 해서 미안하오."

주인이 옷을 갖춰 입고 비로소 한 말이다.

"밤중이 아니고서 어떻게 장군을 찾아뵐 수가 있습니까."

나직이 말하고 연치성이 웃었다.

관솔불이 침침해서 잘은 분간할 수 없으나, 그 방의 주인은 하준호였다.

옆머리에 흰 것이 섞인 것을 보면 50세를 넘긴 탓일까. 19년 전의 그 해맑고 준수한 얼굴은 찾아볼 수 없으나, 그러나 아직 정한精悍**의 기는 남았다.

"내가 연공을 보자고 한 것은…."

하고, 하준호는 한숨을 쉬었다.

"장군이 한숨을…."

연치성은 하준호의 말을 기다렸다.

"강서江西 김성범金成凡이 붙들렸소."

"뭐라구요?"

연치성이 소스라치게 놀랐다.

"김성범이가 붙들리다니, 어떻게 되었는데요?"

---

* 발자국 소리.
** 날쌔고 용맹함.

연치성이 물었다.

"성범만 붙들린 게 아니라, 그 배하 이삽삼 명도 함께 붙들렸다오."

하준호의 말은 무거웠다.

"조심이 없어서 붙들린 거지, 달리 까닭이 있겠소? 나도 그 소식을 어제사 들었소. 붙들린 건 열흘 전쯤 되는가 보오."

연치성은 침울한 표정으로 듣고만 있었다.

김성범은, 하준호가 장삼성張三星이란 이름으로 한양에 공포 분위기를 만들어내고 있을 때, 주삼경과 더불어 그의 고굉股肱* 역할을 한 장사이다. 연치성이 그 뒤에 안 일이지만, 수구문 근처의 어느 집에 심 참판이 납치되어 간 적이 있는데, 그 납치극을 직접 지휘한 사람이 바로 김성범이었던 것이다.

"김성범을 붙든 놈은 평안감사 민영위閔泳緯의 하졸인 임형식林亨湜과 그 배하들이오. 세상에, 김성범 같은 놈이 임형식 따위의 졸개에게 붙들리다니, 그게 말이나 되우?"

하고 하준호는 혀를 찼다.

"참으로 어이가 없군요."

연치성의 말도 침울했다.

김성범은 담대하기가 바위와 같고, 민첩하기가 바람과도 같았다. 그런데 하준호의 말을 빌리면, 용강龍岡의 관창官倉을 털어 양곡을 빈민들에게 나눠주고, 금괴와 은괴만을 가지고 용강읍에서 삼

---

* 다리와 팔.

십 리쯤에 있는 다락골에서 소를 잡아 잔치를 벌였는데, 그들이 마신 술에 독이 들어 있었던 모양으로 일행 전부가 혼수상태에 빠졌다. 이때, 나졸들이 나타나 결박을 지었다는 것이다.

"요컨대 병법을 잊은 때문이다. 가장 조심해야 할 게 식食, 음飮, 침소寢所가 아닌가. 김성범은 그 다락골이란 동리에 마음을 허許한 거라."

"그런데 어떻게 해야 합니까?"

"평안감영으로 압송되었다고 하는데, 어떻게든 그들을 구해내야 하지 않겠소?"

"그렇게 해야지만…."

하고, 연치성은 어두운 마음이 되었다. 한양에서의 거사가 마음에 걸린 것이다.

의리로 보아선 어떤 일이 있어도 김성범의 구출에 가세해야 할 입장이지만, 한양에서의 거사 일정이 모호한 이때, 섣불리 약속할 수가 없었다.

하준호는 그런 짐작까진 못 하고,

"연공더러 평양까지 가달랠 수는 없소. 너무 머니까. 평안도엔 이곳저곳 우리 친구들이 남아 있으니까 그들을 동원하기로 하겠소. 허나, 황해도에서도 가세군이 가야 하겠는데, 일이 급하오. 내가 연공에게 부탁하고자 하는 것은 내일 안으로 만 냥쯤 융통을 해달라는 거요. 시일이 있으면 그 따위 여비쯤은 문제가 없지만 모두들을 평양으로 급파시켜야 하니 도리가 없군요."

"좋습니다."

연치성이 언하에 승낙했다.

그만한 일을 못 해준다고 해서야, 사나이의 체면이 서질 않는다.

"고맙소."

하고, 하준호는 김성범과 그 일당의 구출 계획을 대강 설명하고, 연치성의 참고 의견을 물었다.

"수단과 방법을 가리지 않을 양이면 방책이 있죠. 아주 쉬운 방법이…"

하고, 연치성은 자기의 복안을 말했다.

"김성범 등 일당 이십사 명이라고 했는데, 그 가운덴 일당백하는 장사가 수 명 끼여 있소. 만일 그들을 잃는다면 나는 살아갈 희망을 잃은 셈이 되오."

하준호의 장탄식이 연치성의 가슴을 에는 듯했다.

연치성이 곰곰이 생각한 끝에 물었다.

"지금 평양감사가 누구라고 하셨소이까?"

"민영위라고 합디다."

"그 사람, 돈 좋아하는 사람 아닙니까?"

"지금 벼슬하고 있는 놈들치고, 돈 좋아하지 않는 놈이 있겠소?"

"특히 민영위는 돈을 좋아한다는 소문이 자자한 사람이니."

하고, 연치성은 하나의 안을 만들었다. 2만 냥쯤 현금을 마련해서 짐꾼을 가장한 장사들에게 지우고 감영으로 들어가, 민영위를 볼모로 잡아 김성범 등을 석방케 하든지, 뇌물을 주어 흐지부지 처리케 하든지 하라는 것이었다.

하준호는 머리를 저었다.

"안 될 말이오. 김성범을 체포했대서 임형식을 포상하자고 장청을 올린 자가 바로 민가 놈인데, 뇌물을 준대서 듣겠소? 게다가 장사 십 명쯤으로 평양감영의 옥을 부순다는 것도 될 말이 아니오."

"그렇다면 속수무책이란 말 아닙니까?"

"정공正攻을 할 수밖에 없죠. 수백 명 동지를 모아 일부는 평양 사방에다 불을 질러 정신을 차리지 못하게 해놓고, 일부가 감영에 난입하여 그들을 구해내는 수밖엔 달리 도리가 없소."

"그러기 위해서는 장사 열 명쯤은 감영 안에 넣어두면."

"그건 연공이 평양감영의 구조를 몰라서 하는 말이오. 설혹 돈 짐을 지고 간다고 해도, 감영의 돈 받는 곳과 옥사는 높은 몇 개의 담장을 격해 있소. 차라리 그 돈을 군자금으로 해서 동지 하나라도 더 많이 동원하는 편이 낫소."

"일을 그렇게 크게 벌이다간 사전에 누설될 염려도 있을 것이고, 보다도, 그때까지 김성범의 생명이 부지될 수 있을지 없을지도 모를 일 아닙니까?"

"그렇긴 하오만, 달리 어쩔 수가 없잖소."

연치성의 의협심이 가만있을 수 없었다. 게다가 지금 김성범 때문에 대병大兵을 일으켰다가 실수라도 하면, 후일 연치성 등의 거사에 지장이 있을 것이다. 연치성이 장차 거사를 모의할 때 가장 크게 믿고 있는 것이 다름 아닌 하준호의 세勢였다. 하준호의 세는 방방곡곡에 뿌리를 박고 있었다. 산발적이긴 하나 전국 각지에서 분란을 일으키고 있는 소위 화적들은 대부분 하준호의 배하라고 해도 과언이 아닌 것이다.

하준호의 세는 그 수만이 아니라 질에 있어서도 월등했다. 언제나 죽을 각오가 되어 있다는 것은, 붙들리면 죽는다는 사정에도 있었거니와, 관병 하나라도 더 죽이고 스스로 죽겠다는 악음에 차 있기 때문이었다.

그런 까닭도 있어 연치성이 말했다.

"김성범과 그 부하를 구출하는 일은 내게 맡기시오. 소생에겐 충분한 승산이 있습니다."

하고, 이제 생각해낸 자기의 복안을 설명하기 시작했다.

연치성의 복안은 부안의 정회수와 강직순, 청주의 한공희만을 데리고 평양감영으로 가서 김성범 일당을 구출하겠다는 것인데, 하준호는 고개를 저었다.

"연공의 비술로썬 능히 성사가 될 줄 아오만, 만에 하나는 위험이 있는 것인즉, 나는 그 제안을 받아들일 수가 없소. 연공은 지금 대사를 앞두고 있을 뿐만 아니라, 앞으로도 없어선 안 될 인물인데, 어찌 만에 하나의 위험인들 모험하라고 할 수 있겠소. 설령 내가 좋다고 해도, 연공의 스승 최공이 승낙하지 않을 것이오. 나는 최공에게 체면을 잃는 일은 하기 싫소이다. 그러니 연공은 돈 만냥만 구방해주는 것으로써 이 일은 휴념토록 하시오."

연치성은 두말하지 않았다. 하준호는 일단 결심한 것이면 변경할 줄 모르는 사람이었다.

"꼭 그러시다면, 아침밥 때쯤에 삼개 최팔룡 생원에게로 사람을 보내시오. 내가 그곳에서 기다리고 있으리다."

연치성이 이 말을 하고 일어서려고 하자, 하준호가 붙들었다.

"오신 김에 시국담이라도 하시오."

연치성은 세상 돌아가는 얘기를 대강 하고, 한숨을 섞어 말했다.

"나라의 꼴이 이래서 되겠습니까?"

"망조가 든 게 어제오늘의 얘기겠소? 빨리 망해야 하는 겁니다. 나와 최공의 의견이 다른 건 바로 이 점이죠. 망하도록 부채질하는 것만으로도 대단한 일입니다. 망할 듯 망할 듯하며 망하지 않으니, 백성들만 죽을 일 아닙니까. 빨리 망해야 새로운 움이 틀 수 있을까, 지금은 새로운 움이 돋아날 수도 없지 않소. 죄다 잘려버리니…."

하준호는 여기서 일단 말을 꺾곤 말투를 바꿨다.

"민녀가 대단히 음탕한 모양이죠?"

"그렇게 나도 들었소."

"특히, 미동을 좋아한다던데…."

하고, 하준호가 이런 말을 했다.

하준호 주변에 잘 훈련된 미동이 있는데, 그놈을 무슨 수를 써서 대궐 내에 들여보내면 앞으로 갖가지 일을 꾸미는 데 편리할 것이란 얘기였다.

"미동을 궐내에 보내려면, 점술사 연비*를 타는 게 좋을 것 같소이다."

하고, 연치성이 말을 보탰다.

당시 민 왕비는 점술에 빠져 궁실 재산을 탕진할 뿐 아니라, 국

---

* 聯臂: 다른 사람을 통하여 간접으로 소개함.

사도 점술사에게 물어 처리한다는 소문이 파다하게 퍼지고 있었던 것이다.

"연공이 잘 아는 점술가가 있소?"

하준호가 물었다.

연치성이 황봉련의 이름을 들먹이고, 그리로 통하면 연비를 잡을 수 있을 것이라고 했다.

"대사를 성취하려면 갖가지 술수를 다 써야 하는 법이오. 내, 모레라도 이범수李範秀란 미동을 보낼 테니까 잘 알아서 활용하시오. 특히 훈련을 잘 시켜놓은 아이지만 철저히 숨기는 게 좋을 거요. 주로 궐내의 소식을 알 수 있도록만 하면 되는 겁니다."

하고, 하준호는 이범수란 미동의 내력에 관해 간단한 설명을 했다.

이범수는 부모를 병인교난에 잃은 고아였다. 그래서 왕실에 대한 증오심이 골수에 박혀 있다는 얘기였다.

첫닭이 울었을 때, 연치성은 하준호의 우거*에서 빠져나왔다.

연치성은 최팔룡을 통해 만 냥의 돈을 하준호에게 마련해주었고, 하준호는 부하인 주삼경으로 하여금 그 돈을 갖고 평양으로 급행토록 했다.

그러나 각지의 동지를 규합해서 평양감영을 습격할 계획을 세우기에 앞서, 김성범 일당 24명은 참형을 당하고 말았다는 것이 고종실록 임오 사월조에 기록되어 있다.

---

* 寓居: 임시 주거지.

이 사건으로 인해 하준호의 낙담은 이만저만한 것이 아니었다. 그것은 충직한 부하를 잃었다는 슬픔 때문이기도 했지만, 하준호, 즉 장삼성의 부하는 무소불능無所不能이며, 어쩌다 운수가 사나워 관가에 붙들리는 경우가 있더라도, 백이면 백 구출해낸다는 철칙 이 무너진 데 따른 허탈감 때문이기도 했다.

하준호는 이를테면 철저한 허무주의자였다. 세상을 뒤흔들어 빨 리 조정이 망하게 하는 것을 목표로 했다. 그것이 나라를 위하는 목하의 길일 뿐, 뒷일은 조정이 망하고 난 후에 생각할 일이라며 추 호도 앞날에 대해선 전망을 갖지 않았다. 이 하준호에 비유할 사람 을 찾으려면 20세기 초두, 러시아 제정 말기에 혁명, 반혁명 사이에 서 격심하게 요동했던 마프노 당黨을 상기해야 할 것이다.

그러니 하준호는 최천중, 연치성에 대해선 파괴동모성사불모破壞 同謀成事不謨의 태도를 취하고 있었다. 즉 파괴하는 일은 같이 협 력하되 뭔가를 이루려고 하는 일엔 협력하지 않는다는 뜻이다.

"요컨대, 우리들은 적당賊黨이며 화적이오. 화적이 밝은 날을 기 할 수 있겠소? 공죄상반功罪相半이라는 말이 있지만, 비록 우리에 게 공이 있을지라도, 그동안에 행한 죄로 인해 광명천지엔 얼굴을 들 수 없게 된 것이 우리들의 처지요."
하고, 하준호는 분수의 한계를 명백하게 인식하고 있었다.

김성범 일당이 참형되었다는 소식이 전해지자, 하준호는 연치성 에게 다음과 같이 말했다.

"형들은 성사가기成事可期*하시오만, 그러자면 난에 말려들지 않아야 할 것이오. 난은 민녀와 대원군 그리고 탐관오리 또는 개화파와 수구파들의 갈등에 맡기고, 형들은 일체가 회신灰燼으로 귀歸** 한 뒤 그 황폐의 땅에 집을 지을 수 있도록 세와 힘을 온존시켜야 할 것이오. 대국大局을 잡지 못하고 있는 처지에서 난에 말려들면, 불입명不立名하고 불취실不取實***하는 데 끝나는 것이 아니라, 망본실명忘本失命****하는 화를 입을 것이니 명심하기 바라오."

연치성은 이 말을 새겨두었다가 최천중에게 전했다. 그때, 최천중은,

"하준호란 인물은 화적의 두목으로 방치하긴 실로 아까운 사람이다."

고 하면서도,

"그렇지만 화적은 화적으로서 끝나야 하는 법이니, 어쩔 수가 없다."

며 탄식했다.

장안의 공기는 날로 험악해져갔다. 그 험악한 공기를 조장하는 덴 가뭄의 탓도 있었다. 봄 이래 한 방울의 비도 내리지 않아, 금년 농사는 완전 실농할 것이란 말이 돌았고, 장안은 식수마저 곤란한 형편이 되었다.

---

* 일이 이뤄지기를 바람.
** 잿더미가 됨.
*** 이름도 떨치지 못하고 실리도 얻지 못함.
**** 근본을 잊고 목숨도 잃음.

그런데 최천중과 연치성이 하준호의 덕을 크게 입은 사건이 발생했다.

하준호가 미동 이범수를 연치성에게 보낸 것은 오월 초순이었다.

옥색으로 물들인 날아갈 듯한 모시 두루마기를 입고 사모紗帽 양의 두건을 쓴 이범수는, 미상불 호색하는 여자의 마음을 끌 만한 용모와 자태의 소유자였다.

연치성은 스스로 그 인간을 평할 필요를 느끼지 않았다.

곧, 최천중에게로 데리고 갔다. 최천중은 이범수를 보더니, '흠' 하고 탄성을 올린 후 잠시 그 관상을 보았다. 그리고 물었다.

"자네는 여자를 즐겁게 해줄 비방을 아는가?"

이범수는 약간 얼굴을 붉히면서 고개를 숙였다. 그 동작이 영락없는 여자였다. 여장을 시켜도 천하일색이란 말을 들을 만했다.

"이름을 이범수라고 한다지?"

"예."

"자넨 하공으로부터 얘기를 들었겠지만, 막중한 일을 맡고 대궐로 들어가야 한다. 대궐 안엔 왕비가 있다. 그 왕비의 마음에 들기만 하면 자네의 평생은 화려한 평생이 된다. 그건 왕비가 자네에게 그런 보수를 준다는 게 아니라, 내가 상금을 주겠다는 약속이다. 궁중에서 보고 들은 대소사를 내게 알리라는 얘기는 후일에 하지. 그런데 막중한 일이 돼서 미리 자네 몸을 챙겨보아야 하겠다."

하고, 주위의 사람을 치운 뒤, 옷을 벗도록 일렀다. 그 영을 거역할 수 없다고 본능적으로 느꼈음인지, 이범수는 일어서서 혁대를 끄르고 바지를 벗었다.

최천중은 그의 남근을 주의 깊게 관찰하곤 머리를 끄덕끄덕했다.

"그만하면 쓸모가 있겠다. 그러나…"

하고,

"상대방은 정염이 끓듯 하는 중년의 여신이니, 각별한 조신操身
이 있어야겠다."

며 옷을 도로 입으라고 했다.

그리고 다시 물었다.

"네가 장기로 하는 게 뭐냐?"

"장기란 별로 없습니다."

"그러나 걱정할 것 없다. 장기는 차차 배우면 될 테니까."

하고, 최천중은 또 물었다.

"만일 왕비의 총애를 받게 되면 반드시 자네의 근본을 물으리라.
그때 뭐라고 대답할 것이냐?"

이범수는

"어른께서 가르치신 게 있사옵니다."

하고, 본관은 경주이며 아버지의 이름은 이건식, 외조부의 이름은
김의환이라고 하였는데, 어려서 고아가 되어 절간을 전전하며 성장
했다는 답을 했다.

"그렇다면 몇 가지의 염불쯤은 외고 있어야 할 것이 아닌가?"

하곤, 오늘부턴 염불 공부를 하라는 최천중의 말이 있었다.

그리고 최천중은 이범수를 저동 양주집으로 데리고 가서 기생
여란에게 맡기며 말하길,

"나이 서른대여섯 살 되는 퇴기를 물색해서, 저 청년에게 색도를

가르치도록 일러라. 양도陽道의 극의는 지필遲畢*에 있는 것인즉, 줄잡아 이각二刻에 긍亘**하여 정사가 이뤄지도록 수련케 하라. 단, 신허腎虛가 되지 않게, 여란이 그 퇴기를 각별히 단속하라. 서른 살의 퇴기가 미동에게 혹하면, 양반 마님이 아전 서방을 만난 꼴이 되는 거니까."

미동 이범수에게 색도 수련을 시켜놓았다고 듣자, 황봉련은 그 단정한 용자容姿를 흩뜨릴 정도로 웃었다.

"나리는 여간 짓궂으신 어른이 아니오. 18세의 소년을 색의 노리개로 삼으려고 하다니…."

이에 대해 최천중의 대답은 의연했다.

"이범수의 관상을 보니, 색광녀의 노리개가 되기 위해 이 세상에 태어난 꼭 그런 인간이오. 사람은 팔자대로 살아야 할 게 아니오?"

황봉련이 웃음을 거두고 말했다.

"천하를 잡는 일이 그처럼 구구해서야 어디…."

"모르는 소리 마오. 춘추전국시대나 삼국시대에 선인들이 한 짓을 나는 본뜰 뿐이오."

"그러나 천하를 잡겠다는 어른이 그런 수단을 써야 한다는 게 달갑지 않아 하는 소리예요."

"내가 천하를 잡을 양이면 차마 할 수 없는 노릇이지. 그런데 천

---

* 끝내기를 더디게 함.
** 걸침.

하를 잡을 사람은 따로 있고, 나는 그렇게 되도록 견마지로를 다해 야 할 처지이니 무관하외다."

"말은 핑계대로 가는 법이니까요."

"오죽하면 견마지로라는 말이 생겼겠소."

"나리의 진심 알아 모셨사와요."

하고, 황봉련이 새삼스럽게 감동했다는 표정을 지었다.

"그건 그렇고, 임자, 그 미동을 궁중에 넣을 수단을 꾸미고 있소?"

"무당 신녀申女에게 일러두었으니, 어긋남이 없으리다. 요즈음 궐 내에선 기우제가 한창이라, 신녀가 데리고 들어가면 무방할 것이와 요."

"그동안 비라도 오면…?"

"그럼 또 감우제感雨祭란 게 있지 않소이까."

"그렇게 되겠군."

하고 최천중은 웃었다.

"요즈음 국사는 누가 하는지 아시와요? 점술사, 관상사, 무당들 이 다 한다오. 민녀는 이유인李裕寅이나 신녀의 얼굴을 보지 않으 면 불안해서 하루를 넘기지 못한답니다."

"그렇게 만들어놓은 게 임자 아닌가?"

최천중은 황봉련에게 빈정대는 투가 되었다.

"나를 그렇게 인도한 게 또 누군데…."

하고 황봉련도 눈을 째렸다.

이유인은 점술사로서 옥관자玉貫子를 달 정도로 민 왕비의 우대 를 받는 처지이며, 신녀는 신령군神靈君이란 칭호를 민 왕비로부터 받은 무녀였다. 그런데 이유인, 신녀 모두 그 점술과 신통력의 원천을 황봉련으로부터 얻어내고 있는 터였다.

황봉련은 자기 신통력의 일부분만을 그들에게 일러주어, 민 왕비를 혹하게 하는 작용을 하고 있었다. 그럼에도 황봉련 자신이 나서지 않고 이유인과 신녀가 광이 나도록 해주고 있으니, 그들의 황봉련에 대한 경복은 신神에 대한 경복과 다를 바가 없었다.

만일 황봉련이 민 왕비를 위하는 방향으로 그 신통력을 쓰기만 했다면 민 왕비의 운명은 달라졌을 것이나, 황봉련은 민 왕비를 깜짝깜짝 놀라게 하는 신통력의 편린片鱗을 이유인과 신녀를 통해 보여, 그 신임을 이어나갈 방도 이상의 짓은 하지 않았다.

"색도 수련도 좋지만, 북을 치는 기량이라도 그 이범순가 하는 자가 배워두도록 하라고 하세요."

황봉련이 한 말이었다.

세상에, 색도 수련이란 것도 있는 것일까?

무도의 수련, 학문의 수련, 예도藝道의 수련, 종교적 수련 등은 흔하게 들어온 얘기고, 직접 목격하기도 하는 현상이다. 그런데 이러한 수련이 양지에서 이루어지는 것이라면, 음지나 밀실에서 이루어지는 수련이란 것도 있는 것이다. 그 가운데 하나가 색도의 수련이다.

고래로 중국엔 방중술이란 게 있었다. 그런데 이것은 흔히 짐작할 수 있는 것처럼 탕아나 유객遊客, 예컨대 금병매金甁梅의 서문경西門慶 같은 인간들에게만 상관되는 것이고, 상층부에 특히 침투된 기술이었다. 똑바로 말해 방중술은 제왕학의 일환으로서 그

정점을 이루는 것이며, 제왕학에 있어선 불가결한 과목으로 되어 있다. 아닌 게 아니라, 제왕도 육신일진대, 삼천 궁녀를 거느리려면 융통무애한 방중술의 터득이 있어야만 한다. 이를테면 색도의 수련은, 제왕에게 있어선 제왕다운 내실을 갖추기 위한 가장 중요한 조건인 것이다.

로마의 황제도 예외는 아니었다. 중국에선 방중술이라고 부른 것을 그들은 '아르츠아마토리아', 즉 성애술性愛術이란 이름으로 불렀을 뿐이고, 정치와 보조구가 달랐을 뿐, 색도 훈련이란 본질에 있어선 하등 다를 것이 없었다.

이와 같은 제왕학은 신분과 재산의 규모에 따라 정도와 색채를 달리하게 되었는데, 드디어는 여자를 만족시킬 수 있는 선수選手의 등장을 있게 했다. 남자 자신이 만족하기 위해서 여자를 만족시키는 것이 아니라, 여자를 만족시키기 위한 목적만으로 색도를 수련하는 국면을 전개시켰다는 것이다.

우선 이러한 선수를 로마의 여제 아그리파가 필요로 했고, 영국의 빅토리아 여왕이 필요로 했고, 중국의 측천무후, 서태후 등이 필요로 했다. 이李 왕실의 민 왕비도 이 계열에 속한다고 할 수 있다. 민 왕비의 남편은 제왕술이 부족했던 모양이다. 그 부족한 부분을 민 왕비는 색도의 선수들에 의해 보충하려고 했는지 모른다.

하여간 항간에 흘러나온 얘기엔 갖가지가 있었다.

민 왕비가 밤마다 미동을 갈아들이는데, 어느 날 밤엔 임금이 예고도 없이 왕비의 방에 나타났다. 그때 왕비는 미동과 애희 중이어서 그 미동을 숨길 겨를이 없었다. 미동은 방 한구석에 우뚝 서 있을 수밖에 없었다.

촛불 빛이 희미하게 날름거리고 있는 구석에서 사람의 모습을 발견한 임금이 물었다.

─ 저게 뭐냐?

─ 상감, 저건 오늘 사들인 인형이로소이다.

─ 흠, 그 인형 썩 잘 만들어졌군.

─ 그러니까 노리개가 되는 게 아니겠습니까.

당시 유포된 항설의 하나이다.

최천중은 그 항설을 근거로 민 왕비에게 색도의 선수를 제공하려 하고 있는 것이다.

최천중이 구상한 색도의 원리는 네 가지로 나눌 수가 있었다.

형形, 질質, 정精, 기技.

형이란 곧, 아름다운 자태, 즉 여자의 마음을 끌 만한 얼굴과 지체肢體를 말한다.

질이란 곧, 직접 교접에 사용되는 도구를 말한다. 양대, 또는 옥경, 양근이라고도 부르는 부분을 이름이다.

정이란 곧, 힘을 말한다. 즉, 정력이다. 삼각三刻, 즉 여섯 시간 줄기차게 작동할 수 있는 정력을 귀력鬼力이라고 하고, 이각, 즉 네 시간을 감당하는 정력을 신력神力이라고 하고, 일각 반. 즉 세 시간을 상인력上人力, 일각을 중인력中人力, 반각, 즉 한 시간 정도를 화인력和人力이라고 하고, 반각, 즉 삼십 분 이상이면 상인력常人力, 그 이하의 시간을 하력下力이라고 하는데, 경각頃刻을 겨우 부지할 정도는 접문파接門破, 당문파當門破, 망문파望門破라고 하여, 약정

115

弱丁으로 총칭하여 장정 취급을 하지 않는다.

기란 곧 기술이다. 형, 질, 정이 월등해도 기량이 부족하면 선수의 자격을 잃는다. 기 가운덴 승천기昇天技, 우화등선기羽化登仙技, 지동기地動技, 요산기撓山技, 비해기沸海技 등이 있다.

이상 네 가지가 혼연일치하는 곳에 비로소 운우의 신비가 극하고, 만물지영장萬物之靈長으로서의 보람이 성취된다는 것인데, 최천중의 안목엔 이범수가 적격이었다. 첫째, 형과 질에 있어선 나무랄 데가 없다. 형은 여자로 쳐도 천하의 일색이니 미동으로선 나무랄 데가 없었고, 그 질은 부대불소不大不小했으니 기동機動의 묘, 윤전輪轉의 완宛에 불편함이 없을 것이다.

정精에 이르러선 약물藥物로써 보할 작정이었으니, 다만 유의해야 할 것은 기량의 문제였다.

요컨대, 이범수의 색도 수련은 기량의 연마에 있을 뿐이었다. 정은 약물로 보하고, 기량은 정수를 다하면 아무리 젊고 싱싱한 육체라도 십 년 미만에 신허腎虛가 되고, 따라서 감수減壽하게 되지만, 이범수는 이미 단명短命의 상이었으니, 민 왕비 50세까지의 노리개면 되는 것이다.

최천중은, 자기의 계획대로 진행될 수만 있다면, 이범수의 등장으로 궐내의 범천凡千의 미동들은 추풍낙엽처럼 일시에 실총失寵* 할 것은 필지의 사실로 꼽을 수가 있었다.

---

* 총애를 잃음.

최천중은 여란으로부터 이범수의 상대가 될 퇴기를 구해놓았다는 소식을 듣고 밤늦게 양주집으로 갔다.

퇴기의 이름은 모란. 키는 중키이며, 약간의 체육이 붙어 있는 듯싶은 것이 민 왕비의 체질을 방불케 했으며, 눈언저리의 검붉은 자국에 황음荒淫의 흔적을 볼 수 있었으니, 정염은 강하되 감도는 둔화되어 있다는 것을 알 수가 있다.

최천중은 모란을 범수의 색도 수련에 있어서 적격이라고 판단했다.

주안상을 갖다놓고 최천중은 여란을 끼운 자리에서 모란에게 몇 가지의 요령을 전수했다. 요컨대, 어떻게 하면 남자가 여자를 기쁘게 해줄 수 있는 것인가를, 운우의 실제에 있어서 간독**하게 가르쳐주라는 분부이다. 한데, 모란의 대답이 마음에 들었다.

"여자의 사정은 여자만이 아는 것이오니, 술이나 잡수세요."

최천중의 나날은 바빴다.

조동호, 김웅서 등을 만나면 정치 공작을 꾸며야 했고, 최팔룡을 만나면 재산의 확보와 돈을 노리는 수단을 강구해야 했고, 게다가 이범수의 색도 수련에까지 마음을 써야 했으니, 그 나날이 예사로 바쁜 것이 아니었다.

그럭저럭 순일旬日이 지났다. 최천중은 여란의 집을 찾았다.

여란은 얼굴을 붉히기까지 하며, 이범수의 색도 수련은 더 이상

** 정성스럽고 돈독함.

필요가 없을 줄 안다고 하고선,

"바로 어젯밤엔 초경부터 삼경에 이르기까지, 모란이 울부짖어 잠을 잘 수가 없었어요. 그 산전수전 다 겪은 년이, 어쩌면 몽돌처럼 닳았을 년이 그런 광태를 부리는 걸 보니 짐작할 수 있지 않겠사와요?"

"그럼 모란을 불러라."

하고 기다리는데, 모란이 들어왔다.

"도련님 시중은 잘 들고 있는가?"

"예, 분부대로 성심을 다하고 있사옵니다."

"그만하면 쓸 만하다고 생각하는가?"

모란은 부끄러운 듯 얼굴을 숙이며,

"아직은, 아직은…."

하고 말끝을 맺지 못했다.

최천중은 그 속셈을 알았다. 마음속으론 '요년' 하면서도, 그러나 부드럽게 물었다.

"아직 덜 되었다면, 기간을 얼마나 두면 되겠느냐?"

"석 달, 아니, 반년쯤은 더 모셨으면 하옵니다."

"뭐라구? 이 고얀 년!"

최천중이 버럭 고함을 질렀다.

"이년아, 도련님을 네 잠동무 하라고 데려다놓은 줄 아느냐! 바른대로 말해봐!"

"반년이 안 되면, 보름 동안만이라도 모셨으면 하옵니다."

"그래도 이년이…! 도련님이 어떻다고 묻고 있지 않으냐!"

"소녀는 도련님 없으면 어떻게 살아갈까 하옵니다. 기생 노릇을 십여 년 했사온데도, 도련님 같은 남자는 모셔보지 못했습니다. 소녀는 도련님으로 인해 비로소 여자가 되었는가 하옵니다."

"알았다. 나가 있거라."

최천중은 모란을 물러가게 한 후, 이범수를 양주집에서 데리고 나왔다.

그러고는 백일하에 어슬렁어슬렁 걸어가며 이범수의 얼굴빛과 걸음걸이에 주의를 했다.

아직 젊은 탓이겠지만 안색의 홍조는 여전하고 그 활보하는 품도 싱그러웠다.

최천중은 안심하고 물었다.

"색도의 기쁨이 어떤가?"

"아직 느끼지 못했습니다."

"느끼질 못해?"

"예."

"그럼, 무슨 마음으로 모란을 상대하고 있었느냐?"

"어른께서 시키신 일이라 밤새 방아를 찧는 요량으로 역행力行하였사옵니다."

"그래, 피곤하진 않던가?"

"어른께서의 가르치심 그대로 접이불루한 탓인지, 피곤을 느낀 적은 없사옵니다."

"됐다. 그러나 앞으론 접이불루하는 일을 삼가야 한다."

하고, 최천중은 그 비법을 전수하기 시작했다.

그날 밤, 회현동 황봉련의 집에선 다음과 같은 의논이 있었다.

최천중: 이범수를 쓸 만하게 만들어놓은 것 같소.

황봉련: 곰곰 생각해봤는데, 기어이 대사를 거행할 양이면, 민녀의 측근에 심복을 하나 묻어두는 게 상책이라고 알았소만, 과연 이범수란 자가 기대에 맞는 일을 해낼지 모르겠소이다.

최: 그러니까 많은 일을 맡겨선 안 되지. 우리의 거사 계획을 눈치채고 있는가 없는가, 우리의 주변을 살피는 놈이 있는가 없는가를 미리 알아낼 수만 있으면 되지, 그 이상의 일은 바라지도 말아야 하며, 시켜서도 안 될 것으로 아오.

황: 그걸 그자가 어떻게 알아내겠수?

최: 내 이름과 조동호의 이름, 김웅서의 이름, 그 밖에 몇몇 사람들의 이름을 명념케 해두었다가, 그 이름을 들먹이는 경우가 있으면 내용을 소상하게 탐색하여 우리에게 알리도록 하면 되는 것이오.

황: 이편의 이름을 알렸다간, 되레 발등을 밟힐 염려가 있지 않을까요?

최: 그런 것도 생각해보지 않은 바 아니지만, 우리 이름이 탄로나면 자신의 생명도 없어진다는 것을 깨닫게 하면, 별로 걱정할 만한 사태는 없을 것 같소. 우리의 이름을 그자가 발설하면 하준호의 이름도 밝혀질 것인즉, 그런 경솔한 짓을 하겠소?

황: 하여간 그 사안은 어른께서 알아서 하시오만, 모처럼 궐내에 들여보내 이렇다 할 기회를 잡지 못하면, 그것도 창피한 일 아니겠수?

최: 그건 임자가 맡아야지. 민녀의 눈에 뜨이도록 각별한 당부를

하시오.

황: 눈에 뜨이게만 하면 되나요?

최: 색광에 가깝다니까 해보려는 일 아니우?

황: 색광 운운의 말은 지나친 것 아닌가 하는데요. 아무튼 미동 취미는 있는 것 같소이다. 헌데, 잊어선 안 될 것은, 권도權道에 있는 여자의 호색은 시정녀市井女의 호색과는 다르다는 점을 알아야 해요.

최: 어떻게 다를까?

황: 권도녀權道女는 호색은 하되 남자에게 빠지지 않소. 예컨대, 색 자체를 즐기되 사람에게 혹하지는 않는단 말요. 고양이를 좋아하는 따위의 것이지요. 시정녀의 호색이 그 상대에게 홀려드는 것과는 다르단 얘깁니다. 그런 만큼 비교 음미하는 차가운 마음이 있다는 것을 잊어선 안 되오.

최: 그러니까 어떻게 하면 좋겠소?

황: 그 이범수란 자에게 이르시오. 민녀의 총애를 받을 수 있거든 일절 말을 하지 말라고 하시오. 이를테면 소이부답笑而不答이오. '예, 마마'라고 하는 두 마디 이상은 있어선 안 되오. 미욱할 만큼 입이 무겁다는 인상을 줘야 하오.

최: 좋은 의견이오.

황: 그런데 한 가지 청이 있소. 그만큼 수련을 시킨 사람이면 대궐에 들기 전에 쓸 곳이 있소. 계동에 있는 어느 대감의 과부인데, 대감의 생존 시에도 음양의 환희를 몰랐다고 하오. 그게 평생의 한이라고 하는데, 하룻밤만이라도 좋으니 그자를 그 대감마님 댁으

로 보내기로 합시다.

황봉련의 제안을 거절할 최천중이 아니다.

계동의 대감이란, 전에 좌의정을 지낸 바 있는 권모權某를 이름이고, 그 과부는 마흔세 살이었다.

이범수는 여장을 하고, 밤 일경에 하인의 인도를 받고 그 집 샛문으로 들어섰다.

당시 여인들의 출입은 주로 밤에 하는 것이 관례로 되어 있었고, 부인의 먼 친척이라고 했을 때 누구도 의심하는 사람이 없었다.

머리를 길게 땋아 늘인 건 미혼 남녀의 공통적인 모양이기도 했다.

미상불 여장을 한 이범수는 폐월수화閉月羞花의 절색이었다. 달이 그 얼굴을 가리고, 꽃이 스스로를 부끄러워할 만큼 아름다웠다.

권 대감의 부인은 우선, 이범수의 용자容姿에 홀려버렸다. 사지에 전율을 느꼈다.

"오랜만에 친정의 친척을 만나 긴히 할 말이 있느니라."

라며 몸종까지 물리친 뒤, 대감 부인은 떨리는 목소리로 가만가만 물었다.

"그대는 과연 사람인지 천인지…?"

"황공하오이다, 마님."

"자, 이리로 가까이…."

이범수는 앉은걸음으로 가까이로 갔다.

부인이 범수의 손을 잡았다.

"아아, 이 섬섬옥수!"

범수의 손은 어떤 여자의 손보다도 매끄럽고 부드럽고 우아했다.

"과연 그대는 남자인가?"

부인의 신음하는 듯한 말이 있자, 범수는 잡힌 손을 한곳으로 이끌었다.

부인의 얼굴이 벌겋게 상기되었다.

'아아, 내 이 나이에 이런 수줍음이 있었던가.'

부인은 가슴이 방망이질을 했다.

아득히 20년 전 신방에 들었을 때도 이렇게 가슴이 설레지는 않았다.

이윽고 등명이 꺼졌다.

봉창 문으로 스며든 부연 달빛 속에 드러난 이범수의 용자는 한층 신비감을 더했다. 부인은 생명까지를 내맡긴 기분으로 되었다.

새벽이 왔다.

짧은 여름밤이 한스러웠다.

옷을 챙겨 입은 이범수의 옷자락을 잡고, 부인은 눈물을 흘렸다.

"우리 언제 다시 만날 날이 있으리까?"

"황공하오이다, 마님."

"한 번만이라도 더 만날 수가 있다면 세상 아까운 게 없으련만…."

"황공하오이다, 마님."

이렇게 되풀이하는 말이 더욱 부인의 간장을 아프게 했다.

이범수가 그 집을 다녀간 그날 오후, 권 대감의 미망인은 회현동으로 황봉련을 찾아갔다.

은 백 냥이 들어 있는 궤짝을 황봉련 앞에 밀어놓고, 미망인은 다음과 같이 말했다.

"예절을 알아야 하는 가문의 여자가 이런 말을 하는 건 부끄럽기 한이 없지만, 난 당신 덕분에 여자로 태어난 몸의 기쁨을 처음으로 알았소. 그러나 그로 인해 높은 벼랑에서 굴러떨어진 기분이오. 언제 다시 한 번만 그런 밤을 지내게 해주면, 내가 할 수 있는 일로서 당신에게 못 해줄 일이 없으리라. 부끄러운 일이오만, 내 뜻을 알아줘요."

"마님이나 나나 같은 여자의 몸, 부끄러울 것이 있사오리까. 차차 기회를 보리다."

하고 황봉련은 환히 웃었다.

그건 이범수의 입궐 모사가 성공하리란 데 대한 기쁨의 표현이기도 했다.

황봉련은 이미 옛날의 황봉련이 아니었다. 권모술수에 능한 여책사로 변해 있었다.

최천중의 포부를 돕기 위해선 수단방법을 가리지 않았고, 앞으로도 가리지 않을 것이다.

이범수를 권 대감의 미망인에게 보낸 것도 단골에 대한 단순한 호의에서만은 아니었다.

황봉련은 부인이 모처럼 자기를 찾아와 은 백 냥을 내놓을 때, 자기의 또 하나의 목적이 달성된 것을 알았다. 그래서 부인의 간청이 있자, 넌지시 다음과 같이 말했다.

"그 도령은 대궐에서도 필요로 하는 사람, 소홀히 대접할 수 없사옵니다. 그러나 부인께서 간절한 소망이라고 하니 어찌 그냥 있을 수 있겠습니까. 그러하오니 신중히 일을 처리하기 위해선 약간의 재물을 준비함이 타당할까 하옵니다."

"얼마나 있으면…?"

하고, 부인이 황봉련을 보았다.

"돈으로 십만 냥, 토지로는 천 석쯤…."

황봉련이 말했다. 권 대감이 그의 재세 시, 적지 않은 축재를 했다고 들었기 때문에 이렇게 말한 것이다. 게다가 권 대감의 아들이 아직 어리기 때문에, 재산의 처분을 부인이 임의로 할 수 있다는 것도 황봉련은 알고 있었다.

"좋소. 내 내일이라도 적당한 토지문서를 가지고 오리다."

부인의 말이 시원시원했다. 삼만 석의 토지 가운데서 천 석쯤이야 자기의 호사를 위해 써도 나쁠 것 없다는 배짱일 것이다.

탐색은 망신지본亡身之本 패가지인敗家之因이란 말은, 남자에게만 해당되는 말이 아니다.

"모처럼 그 도련님을 위해 토지를 마련하시려면, 이왕이면 기내畿內*의 토지가 좋을까 하오만…."

하고, 황봉련이 부인의 눈치를 살폈다.

"바로 이웃 양주에도 땅이 있으니 그곳의 문서를 가지고 오리다."

이 답을 받고, 황봉련은

---

* 경기도 일대.

"요 며칠 사이에 사람을 보내겠사오니, 그때 소녀의 집에서 하룻밤 유하실 작정을 하시고 오시와요."

하고 웃었다.

"허심許心한 사이라서 이런 청도 하는 것이지만, 부끄럽기 한량이 없소이다."

부인은 나이답지 않게 얼굴을 붉혔다.

"여자의 마음은 한가지로소이다. 대궐의 지존으로부터 누항*의 천녀賤女에 이르기까지, 피고 지는 양이 꽃 같지 않사옵니까. 은밀히는 하셔야겠지만, 부끄러워할 일은 아닌 것으로 압니다. 남녀의 정분은 음양의 도와도 같은 것. 도덕의 문장은 검은 먹물로 쓰지만, 인간의 몸엔 붉은 피가 흐르고 있사옵니다. 먹물이 어찌 붉은 피를 당하오리까? 먹물이 어찌 생명을 다스릴 수 있사오리까? 조금도 부끄러운 마음을 가질 필요가 없사옵고, 마음이 끓고 몸이 아픔을 느낄 땐 언제이건 소녀에게 통기하시와요. 꽃의 시절도 한때인즉, 그 시절을 지내버리면 적막한 인생만 남는 게 아니오이까?"

이것은, 황봉련이 그 부인을 위해서만 하는 말은 아니었다. 자기의 나이도 어느덧 사십을 넘은 터라, 차츰 인생의 가을을 맞은 기분으로 측측惻惻한 바 있었던 것이다. 그래, 이렇게 장광설이 있은 후,

"동병상련이란 말 아시죠?"

하고, 봉련은 호젓하게 웃었다.

---

* 陋巷: 누추한 마을.

며칠 후.

황봉련은 이유인과 신녀를 불렀다. 봉련은 두 남녀를 한 방에 들여놓고 말없이 각각 책보에 싼 것을 앞으로 밀어놓았다.

"마님, 이게 무엇이옵니까?"

한 것은 이유인.

"형님, 무업니까, 이것이?"

한 것은 신녀.

"펴보아라."

봉련의 말에, 두 사람은 책보를 끌렀다.

"이것은 땅문서…."

두 사람의 입에서 동시에 나왔다.

"각각 양주의 상토上土 이백 석이다."

"그런데 어떻게…?"

신녀가 물었다.

이유인과 신녀는 황봉련에게 재물을 갖다 바치는 처지에 있었다. 봉련으로부터 전수된 비방으로 둘 다 민 왕비의 총애를 얻고 있는 터라, 그들은 왕비로부터 받은 재물의 삼분의 일가량은 봉련에게 바치고 있었다.

그런 터라, 봉련으로부터 재물을 받는다는 것은 이례에 속하는 일이었다.

"너희로부터 받고만 있을 수가 있나. 오는 정이 있으면 가는 정이 있어야지."

봉련이 대범하게 말했다.

"그러나⋯."

하고, 이유인은 어쩔 줄을 몰라했다. 황봉련의 그런 행동의 뒤엔, 앞으론 너희들과 인연을 끊겠다는 말이 나오지 않을까 두려웠던 것이다. 봉련의 덕분으로 막대한 재물을 벌었으면서 갖다 바친 재물은 거기 비하면 약소했던 데 대한 자격지심이기도 했다.

"두 사람은 잘 듣거라."

황봉련이 정색을 했다.

"너희들의 오늘의 처지로 봐선 땅 이백 석이 사소할 것이지만, 이것은 나의 성의다. 내 특별히 너희들에게 부탁이 있어서 하는 일이니 명심하라."

며, 다음 대궐에 들 날이 언제냐고 물었다.

"중전마마의 부르심이 있으면 언제라도 들어갑니다. 오늘도 저녁 때 입궐하라는 분부가 있었습니다."

하고 신녀가 답했다.

"사사로운 입궐 말고, 잔치가 있을 날이 언제인가?"

"유월 육일에 기우제가 있사옵니다."

이유인의 말이었다.

"그럼, 한 여드레 앞이로군."

"그러하옵니다."

신녀가 답했다.

"그때 데리고 들어가야 할 사람이 있다."

봉련의 이 말이 있자, 이유인과 신녀는 서로의 얼굴을 보았다.

점술가와 무당이 이른바 '굿'을 하기 위해선 사람을 필요한 대로 데리고 갈 수는 있지만, 입궐할 사람의 신원은 미리 도승지에게 알려 엄격한 심사를 거쳐야 하게 돼 있었다.

대원군의 첩자가 대궐에 드나든다는 소문이 파다해서, 왕비는 잔뜩 신경이 곤두서 있는 터였다.

황봉련이 그 사실을 모를 까닭이 없었다. 그러니까 각각 이백 석의 재산까지를 제공하고 부탁하는 것이다.

이유인과 신녀의 대답이 없자 봉련이 말했다.

"어려운 줄은 나도 알고 있다. 그러니 부탁이 아닌가. 앞으로 여드레가 있으니, 그 방법을 생각해봐라."

"거번에 말을 듣잡고, 우리 둘이서 숙의를 했습니다만, 여간 어려운 문제가 아닙니다."

하고, 이유인이 최근 대궐에서 있었던 얘기를 했다.

최근 있었던 일이란.

건청궁乾淸宮에 있는 왕비의 침실에 도둑이 들었다. 홍 상궁이 발견하여 소동이 일었는데 도둑은 온데간데가 없었다.

민첩하고 대담한 동작으로 보아 젊은 남자일 것이라고 짐작은 했지만, 붙들지를 못 했으니 누군지 알 까닭이 없었다.

그런데 침소의 물건을 살펴보니, 옥비녀 하나가 없어져 있었다.

— 재물을 탐내 들어온 것이 아니고, 양법을 하기 위해 왕비의 몸에 가장 가까이 있는 것을 가지고 갔다.

— 대원군이나 그 추종자가 한 짓이다.

— 필시 무당들 틈에 끼어들어 온 놈일 것이다.

하는 풍문이 자자하게 일었다.

나인들의 신분을 새삼스럽게 조사하는 한편, 대궐에 드나드는 상인, 점술사, 무녀들도 일제히 조사를 당했다. 그 결과 상궁 하나와 나인 둘이 독약을 먹고 죽어야 했고 포목전의 심부름하는 아이가 장독으로 죽었다.

"그런데 그 여파가 아직도 궐내에서 타다 남은 불처럼 연기를 피우고 있습니다요."

하고 이유인이 말을 끝냈다.

"그래서 내 부탁을 못 듣겠단 말인가?"

황봉련의 눈이 무섭게 이글거렸다.

"아니옵니다, 마님."

신녀가 안절부절못했다.

"그럼, 이렇게 해보라."

하고, 봉련이 물었다.

"기우제를 할 때의 고수가 몇이나 되느냐?"

"일곱입니다."

신녀의 답이었다.

"그 가운데 하나를 바꿔라. 바꾸되 그 이유를, 유월 엿새의 일진 日辰이 맞지 않는다고 하고 새로 데리고 갈 사주四柱가 중전의 앞날을 틔우는 괘가 나타났다며 중전에게 부탁해라. 신녀, 자네가 말하면 듣지 않을 중전이 아니지 않은가."

"그러하오나, 일단 도승지를 시켜 가계家系의 심사는 할 것이옵니다."

"심사를 하라고 하라."

"누구시옵니까?"

"이름은 이범수라고 한다."

하고, 최천중이 일러준 대로 말했다.

"그렇게 애써보겠습니다."

하는 신녀의 말에, 황봉련이

"애써보는 것만으론 안 돼! 되도록 해야지!"

하고 호령했다.

그리고 다음과 같이 말했다.

"일단 궐내로 들게 해서 이범수를 중전의 눈에 띄는 곳에만 두면 다음은 걱정 없다. 중전의 혼양기도 대단하다며?"

이 말과 동시에 뒷방을 향해,

"도련님을 이리로 모셔라."

라고 소리를 높였다.

뒷방의 문이 열렸다.

이범수가 들어섰다.

이유인과 신녀의 얼굴에 놀란 빛이 역력히 나타났다.

신녀는 넋을 잃은 듯 이범수를 바라보고 있더니 신들린 것처럼 중얼거렸다.

"마님, 걱정 마소서. 이 도련님이라면 어떻게 하건 우리가 대궐로 모시겠습니다. 연꽃 같은 귀공자를 도승진들 어떻게 하오리까. 중전을 삶겠사옵니다."

며칠 후, 신녀가 황봉련을 찾아왔다. 사흘 후에 이범수를 데리고 입궐하겠다는 통지를 하러 온 것이다.

"어떻게 그처럼 수월하게 일이 진척되었느냐?"

황봉련이 물었다.

"누구의 분부이신데 제가 소홀히 하겠사옵니까."

하고, 신녀는 으쓱하는 기분을 섞어 다음과 같이 말했다.

"중전께 이처럼 말씀 올렸사와요. 금수강산의 정精으로 만든 미동을 보았사온데, 중전께서 한번 구경하실 마음은 없으시냐구요. 그랬더니 중전의 말씀이, 내허內虛한 외모만 아름다우면 뭣에 쓰겠느냐는 것이었사와요. 그래서 말씀 올렸죠. 이 미동은 내실이 차서 아름다운 외모로 된 것인즉, 구경할 만하다구요. 그러자 신녀의 말이 그와 같다면 도승지에게 이르겠다고 하옵데요. 그래, 신녀 말씀을 올리길, 한 번쯤의 구경인데 그렇게 번거로운 절차를 밟아야 하느냐고 하고, 혹시 마음에 드시면 그때 도승지에게 하회하셔도 늦지 않겠다고 하였더니, 중전께서 손수 옥찰을 써주셨사와요."

옥찰이란 곧, 대궐의 문을 드나드는 통행증을 말한다.

"의복을 어떻게 할까?"

봉련이 물었다.

"여장을 하옵는 게 편리할까 하옵니다."

하는 신녀의 대답이었다.

신녀가 돌아간 뒤, 봉련은 최천중에게 기별했다.

최천중은 이범수에게 필요한 지시를 하고,

"자네가 궐내로 들어가는 목적을 촌각이라도 잊어선 안 된다. 그런데 만일 나나 너의 선생이 너의 배후에 있다는 것이 알려지면,

넌 그 자리에서 무두귀신無頭鬼神이 될 것이다."

하는 마지막 주의를 했다.

이범수를 궐내로 들여보내는 목적은 오직 한 가지, 최천중 등이 모의하고 있는 사실이 누설되었을 기미가 보일 때, 지체 없이 이편으로 통지하는 데 있었다.

이범수는 눈물을 흘리며 맹세했다.

"전 이미 이 세상에 없는 몸이로소이다. 아버지와 어머니를 따라 벌써 저승에 가 있어야 할 몸입니다. 제가 오늘 이렇게 생명을 부지하고 있는 것은 오직 선생님(하준호)의 덕택이로소이다. 한데, 그분의 분부는 생명을 도*하고 나으리의 분부를 지키라는 거였습니다. 휴념하소서."

드디어 이범수는 여장을 한 모습으로 가마를 타고 궐내로 들어갔다.

그때와 그 후의 경과는 신녀의 입을 통해서 알밖에 없다. 며칠 후, 신녀는 황봉련을 찾아와 신이 나서 못 견디겠다는 시늉으로 다음과 같이 말했다.

"기우제가 시작되었습죠. 도련님은 여장을 한 채 북 앞에 앉았는데, 그 자리가 바로 중전과 지척이었사와요. 중전은 도련님을 보더니 절 불러, '넌 미동을 데리고 온다고 하더니, 천하일색을 데리고 왔구나. 그렇게 해서 상감의 마음을 어지럽혀 어떻게 할 작정이냐?'라고 노기를 띤 말씀이 계셨사와요. 그래, 제가 말씀드렸죠. 세인의

<hr />

* 睹: 겁.

이목이 있어 여장을 시켰지만, 사실은 남자라구요. 그러자 중전은 함박꽃처럼 열린 입을 소매로써 가렸사와요. 그 후 줄곧 중전의 눈은 도련님만 바라보고 있었사와요. 기우제가 끝나자, 중전은 저더러 저 여자를 데리고 건청궁으로 들라는 분부를 하셨사와요. 그리고…"

그렇게 해서 이범수는 격식에 없는 건청궁의 시녀가 되었다는 것인데, 건청궁에서의 그의 일상이 어떻게 되었는가는 알 까닭이 없다.

그런데 이 무렵, 최천중 등의 신변에 검은 그림자가 따라 돌고 있었다.

상세하게 말하면, 조동호를 감시하고 있던 관가의 눈이 조동호와 가까이 지내는 사람들에게까지 미친 것이다.

조동호가 관가의 주목을 받게 된 원인엔 다음과 같은 사실이 있었다.

연전年前 5월 21일을 기해서 현재의 국왕을 폐하고 대원군 첩복의 아들 이재선을 등극시키려는 음모가 있었다. 이 사건을 실록에 좇아 적으면,

고종 18년 8월 29일. 시급히 품달할 일이 있어 시원임대신時原任大臣들을 의금부 당상에 소집했다. 명을 내려 대역부도죄인大逆不道罪人 전 승지 안기영, 권정호, 채동술 등을 체포케 하고 의금부에서 신문했다.

동년 10월 3일. 국청에서 자현自現* 죄인 별군직 이재선(대원군의 서자)을 체포했음을 보고했다. 전전前 중군中軍 조중호, 빙고별제氷庫別提 이병식, 진사 임철호 등의 이름이 죄인 안기영을 문초하는 동안에 나왔기 때문에, 이들의 사적仕籍과 유적儒籍을 영구히 간삭刊削케 했다.

10월 10일. 의금부 죄인 안기영, 권정호, 이철구를 모반대역부도죄로 능지에 처하다. 안기영과 권정호는 전 승지로 항상 척족戚族의 전자專恣**를 미워하여 대원군의 서자 별군직 이재선을 수모首謀로 받들고 비밀히 불궤不軌***의 뜻을 품어왔다.

그리하여 이철구 등의 심복으로 하여금, 혹은 경외京外에서 전재錢財를 모으게 하고, 혹은 모병募兵을 꾀하였으나, 일이 복잡하여 성사치 못하였다. 이에 지난 8월 21일 감시초시監試初試를 기하여, 대원군의 명령이라 칭하여, 벌왜伐倭를 명분으로 내세워 과유科儒를 소집하고, 또 종가鍾街에 흉도들을 모아 이들을 삼군三軍으로 나누어 이재주, 조중호, 이병석이 이를 분령하여, 일군一軍은 대원군의 입궐이라 외치면서 요금문曜金門으로부터 창덕궁에 난입하여 불궤를 꾀하고, 일군은 척신戚臣, 상신相臣을 타살하며, 일군은 청수관淸水館, 일본공사관, 평창 연군교장平昌鍊軍敎場을 습격하고자 하였으나, 거사일에 이르도록 중의가 합일되지 못하였다. 그러던 차에 8월 28일이 되어, 광주산성廣州山城 장교將校 이풍래가 고

---

* 자기 스스로 범죄 사실을 관아에 고백함.

** 거리낌 없이 제멋대로 함부로 함.

*** 법이나 도리를 지키지 아니함. 반역을 꾀함.

변고變하게 된 것이다.

10월 23일. 의금부 죄인 강달선, 이두영, 이종학, 이종해를 모반부도 죄, 최동술을 대역부도지정불고죄大逆不道知情不告罪로 결안結案 하고 시기를 기다리지 말고 처참케 하다. 강달선, 이두영, 이종학, 이 종해는 모두 이재선, 안기영, 권정호의 심복이다.

10월 25일. 의금부 죄인 조중호, 이연웅, 정건섭을 모반부도죄 죄인 으로, 이휘정, 임철호를 지정불고죄로 즉시 처참케 하고, 그 가산을 적몰케 하다.

조중호趙中鎬는 전 중군으로, 대원군의 분부에 따라 그 이면을 정 탐한다고 하여, 안기영, 권정호 등의 흉모에 참여하고, 흉도를 소집 해선 범궐犯闕을 기도한 자이다….

말하자면, 조동호가 주목을 받은 것은 조중호와 먼 친척 관계에 있었기 때문이다.

조동호가 이런 사실을 알 까닭이 없었다. 대역죄인으로 몰려 사 형을 당한 조중호와는 호자鎬字 항렬이 같았다 뿐이지, 계촌計寸 을 할 수 없을 만큼 먼 친척이었기 때문이다.

당시엔 집안의 누군가가 죄를 지으면 가족이 연좌되었다. 그런 때문에 안의현감安義縣監으로 있던 조장호趙章鎬는 중호의 형이라 고 해서 파직을 당하기도 했었다. 그러나 조동호가 조중호 때문에 의심을 받으리라고 생각할 수 없었던 것은, 중호와는 먼 친척일 뿐 서로 아는 사이도 아니었고, 조동호 본인이 대원군에 대해 혐오감 까지 지니고 있었던 탓이다.

그러나 민비 계열의 사람들은 그들 자신의 불안을 감내하지 못한 까닭으로 수많은 정탐꾼을 시중에 풀어놓았을 뿐 아니라, 한 장의 투서로써 목을 자르는 등, 바야흐로 공포정치의 극성기를 이루고 있었다.

광화문 네거리와 서소문 형장에선 매일처럼 참수 또는 능지처참의 극형이 끊어질 날이 없었다. 한양 사람들은 일단 밖으로 나오면 처처에 걸려 있는 썩어가는 수급首級을 목격하게 되었다. 한데, 그러한 혹형酷刑이 자행되고 있었는데도 이른바 모반죄가 끊이질 않는 것은 인민의 저항심이 그처럼 치열했다는 증거이기도 하거니와, 억울한 누명을 쓴 채 죽은 사람이 많다는 얘기도 된다.

그런 때인 만큼, 최천중, 조동호, 김웅서의 행동은 신중했다. 정탐꾼이 따르고 있다는 사실을 모르더라도 어느 정도의 보신책은 강구하고 있었던 것이다.

칠월 들어 몹시도 무더운 밤이었다. 최천중은 삼개 최팔룡의 집에 들렀던 길에 박종태의 집에 들러 잠시 쉬었다.

너무나 무더우니 강가로 소풍이나 가자고 박종태를 데리고 나섰다.

그때, 최천중이 자기의 뒤를 밟는 놈이 있다는 기미를 알았다. 아까 최팔룡의 집에 들를 땐 해질 무렵이었는데, 최팔룡의 집 문간 담벼락에 장정 두 놈이 서 있는 것을 보곤 예사로 여겼던 것인데, 박종태의 집을 나섰을 땐 어두워 지척을 분간할 수 없는 경황이었지만, 어둠 속에서 움직이고 있는 사람의 형체는 감지할 수가 있었다. 최천중은 그 형체만으로 최팔룡의 집 앞에서 얼쩡거리던 놈들이란 것을 알았다.

최천중이 어둠 속에서 종태의 손을 잡고 손바닥에 글을 썼다.

— 수상한 놈들이 내 뒤를 밟고 있다.

박종태의 대답이 최천중의 손바닥에 씌어졌다.

— 어떻게 하오리까?

— 저놈들을 강변 가까운 곳까지 끌어내자.

— 알았습니다.

— 그래 놓고, 누가 시켜 그 따위 짓을 하는가를 알아내야겠다.

— 좋습니다.

— 우리들만의 힘으로 될까?

— 걱정 마십시오. 연치성 형님과 김권 형님으로부터 배운 술이 있습니다.

하고, 박종태는 허리춤에 차고 있던 가죽끈 다발을 끌렀다.

— 중간에 놈들이 도망가지 않도록.

— 예.

— 천천히 걸어 거리를 좁혀라.

— 예.

두 사람은 느릿느릿 걸었다.

어둠에 익숙해진 탓으로 다소의 시계視界가 생겼다. 길이 꼬부라지는 지점에 왔다. 집을 뜯어낸 뒤 담장만 남은 곳이 있었다.

박종태가 그 담장에 붙어 서서 숨을 죽였다.

최천중은 발소리를 내기 위해 제자리걸음에 가깝게 걸었다.

두 장정은 느릿느릿 걸어 모퉁이를 돌았다.

그 찰나, 종태의 가죽끈이 허공을 날았다.

"악!"

하고 외마디 소리를 지르며 두 놈이 한꺼번에 쓰러졌다.

박종태가 던진 가죽끈에 두 놈의 다리가 걸려 평형을 잃은 것이다.

종태는 놈들이 정신을 차릴 여유를 주지 않고 덤벼, 각각 한 발씩으로 두 놈의 대가리를 밟아놓았다.

"아이쿠!"

"아이쿠!"

하는 신음소리를 냈다.

박종태는 놈들을 한 줄에 묶고 입엔 재갈을 물렸다. 그 동작은 최천중이 거들었다.

"일어섯!"

하고, 종태가 줄을 끌었다. 일어서지 않으면 목이 졸려 죽을 판으로 묶어놓은 것이었다.

"암 말 말구 따라와!"

종태가 나직이 일렀다.

"재갈을 물려놓구 말을 말라는 건 또 뭔가?"

하고 최천중이 웃었다.

"서툴게 굴면 알지?"

박종태의 손에서 장도가 빛났다. 어둠 속에서도 빛을 발하는 장도였다.

두 놈은, 끌려가는 소처럼 묵묵히 걸었다. 걷지 않으면 목이 졸리기 때문이다.

나루터에서 먼 후미진 모래밭을 찾아 두 놈을 굴려놓았다.

재갈을 문 채 '웅, 웅' 거렸다.

"고함을 지르면 이거다."

종태가 다시 칼을 휘두르곤 곧 재갈을 풀었다. 그리고 말했다.

"자, 이실직고하라."

"살려주슈. 우린 나쁜 놈이 아닙니다요."

"나쁜 놈이 아니라면, 왜 어른의 뒤를 밟았느냐?"

"밟지 않았습니다요."

"거짓말하면 못써. 나는 네놈들을 오늘 두 번째로 보았다."

하고 최천중이 말을 끼웠다.

"그건 우연히…."

"우연?"

하고, 종태는 모래를 한 줌 쥐고 놈들의 입 앞에 댔다.

"거짓말하면 이 모래를 너희들의 창자 속에 넣어줘야겠다."

그러곤 종태가 두상 어느 곳을 콱 치자 입이 딱 벌어졌는데, 그 틈에 모래를 살금 넣었다.

"이렇게 모래를 먹일 방술이 내겐 있어. 빨리 말하지 않으면 정말 모래를 먹이겠다."

는 종태의 말을 받아, 최천중이 껄껄 웃으며 말했다.

"모래를 많이 먹으면 사람이 죽는다."

"칼로 찔러 죽이는 것보다야 낫지 않겠습니까?"

"그럴지도 모르겠군. 그러니 빨리 대답하게. 이런 광경을 보니 심히 민망하구나."

그래도 두 놈은 살려달라고만 할 뿐, 묻는 말엔 대답을 하지 않으려고 했다.

"안 되겠습니다. 모래를 더 먹여야겠습니다."

하고, 박종태는 놈들의 두상을 쾅 쳤다. 아까와 같이 입이 딱 벌어졌다. 그 벌어진 입에 한 줌의 모래를 털어 넣었다. 두 장정은 입안에 가득 찬 모래를 푸우푸우 하고 뱉어내고 있었는데, 종태가

"놈들이 말을 하지 않을 모양이니, 모래로써 입을 막아버리는 게 어떨까요?"

하고, 최천중에게 의논하는 체했다.

"말하겠습니다요, 말하겠습니다요."

한 놈이 더는 참지 못하겠다는 듯 고통스러운 소리를 울렸다.

"말해봐."

종태가 말했다.

"소인들은 사동寺洞 홍 교리의 심부름으로…."

"홍 교리라니?"

"홍만식 교리입니다요, 전에 대사헌 지내신 홍우길 대감의 아들이신…."

그 말이 최천중의 뇌리에 불러일으킨 이름이 있었다. 그것은 홍무. 홍만식은 그러니 홍무의 형이 되는 것이다.

최천중이 놈들에게 다가섰다.

"비켜라, 내가 물어보자. 홍만식이 내게 무슨 감정을 품고 너희들을 시켜 내 뒤를 밟게 했느냐?"

"저희들은 모르는 일이옵니다. 다만, 나으리의 거동을 일일이 살

펴 알리라는 분부를 받았을 뿐이옵죠."

"내 뒤를 밟기 시작한 게 언제부터인가?"

"삼월 달부터입니다."

"그래, 뭣을 알아냈느냐?"

"별다른 건 없사옵니다."

"살고 싶거든 바른대로 말해라."

하고, 최천중은 두 놈들을 좀 더 강하게 묶도록 박종태에게 일렀다.

박종태는 놈들의 팔을 뒤로 젖혀 묶어, 그 묶은 끈으로 목을 한 바퀴 둘렀다. 끄나풀에 조금만 힘을 가하면, 놈들은 목을 졸리게 되었다.

"자초지종을 말해라. 너희들이 알아낸 게 무엇인가?"

"목을 잠깐 풀어주사이다."

하고 한 놈이 애원하기에 살금 목을 감은 끄나풀을 누그려주었더니, 그놈이 다음과 같이 순순히 말했다.

"삼개 최팔룡을 거간으로 전재戰財를 모으고 있음을 알았고, 박종태라고 하는 사람을 시켜 군대를 모으고 있다는 사실을 알았고, 조동호란 서학 선생과 무엇인가 모의하고 있다는 사실을 알았고, 저동 양주집을 중심으로 은밀히 뭔가를 꾸미고 있다는 것을 알았고, 조정에 있는 누군가와 내통하고 있는 기미가 있다는 것을 알았고, 배하에 출중한 무술자를 거느리고 있다는 것을 알았…."

"그뿐이냐?"

"예."

"아직도 이놈들이 정신을 차리지 못하는구나. 바른대로 말해."

최천중이 나직이 말하자, 박종태가 놈들의 목을 졸랐다.

"살려주세요, 다 말하겠습니다요."

하고 한 놈이 비명을 울리더니,

"나으리 밑에 연치성이라고 하는 타고난 무술자가 있는데, 그 사람이 화적의 두목과 통하고 있다고 보고, 우리가 정탐하고 있는 중입니다."

하고 실토를 했다.

최천중은, 그놈들이 예사로 다스릴 놈들이 아니란 심증을 굳혔다.

"그래, 홍만식이 너희들의 보고를 받고 어떻게 했느냐?"

최천중이 묻자, 두 놈은 각오를 한 모양으로 순순히 다음과 같이 대답했다.

"연치성과 화적의 관계만 밝혀지면 홍 교리는 곧 의금부에 서장書狀을 낼 작정인가 봅니다."

"아직은 서장을 내지 않았느냐?"

"그러하옵니다. 사안은 모두 굵직굵직하지만 뚜렷한 증거를 잡을 수 없으니 탈이라고, 홍 교리가 우리들을 독촉했사옵니다."

"네놈들의 소속은 어디냐?"

"포도청의 포졸이옵니다."

"포도청의 포졸이 교리의 앞잡이 노릇을 하게 돼 있는가?"

"홍 교리가 포도대장에게 특청을 했는가 보옵니다."

"그렇다면 포도대장도 너희들이 알아낸 사실의 보고를 받고 있겠구나."

"그렇진 않을 것으로 아옵니다."

"어째서?"

"홍 교리와 포도대장의 언약은, 홍 교리가 이번의 일을 샅샅이 캐내어 서장으로 만들 때까진 우리들을 교리의 사제私第에 두기로 되어 있다고 합니다."

그만했으면 짐작할 만했다.

최천중은 일각의 유예도 없다고 느꼈다. 박종태가 정회수와 강직순을 불러오길 기다렸다가 뒷일은 그들에게 맡기고, 최천중은 죽림동으로 조동호를 찾아갔다.

조동호에게 대강을 설명하고 우선 몸을 숨기라고 한 뒤, 최팔룡에게로 달려갔다.

최팔룡과 함께 자리를 바꾸어 새벽까지 무슨 의논인가를 하곤, 파루를 기다려 성내로 들어가 황봉련의 집으로 가서 사태를 알렸다.

황봉련이 말했다.

"그것 보세요. 봉미산에서 홍 대감의 소실과 일이 있었다는 것을 알았을 때, 나는 그게 화근이 되리란 걸 알고, 결국 나으리도 살생의 액을 면할 수 없구나 했지. 그래, 이편이 죽기 전에 저편을 먼저 없애자고 했을 때, 나으리는 한사코 그걸 반대하셨지. 그러나 지나간 일을 들먹여 한탄해도 소용없는 일…. 빨리 연공을 불러 날이 밝기 전에 처리를 해야겠소."

심부름꾼이 연치성의 집으로 달려갔다.

연치성이 나타난 것은, 이제 동이 틀락 말락 할 때였다.

황봉련이 연치성에게 사동 홍 대감 집의 소재를 소상하게 알려주었다.

"아침 출사할 때 그 근처에 있으면, 홍 교리의 얼굴을 알게 될 것이와요. 늦어도 오늘 안으로 처리하지 않으면 포졸들이 돌아오지 않은 것을 이상히 여겨 무슨 수를 쓸지 모르는 일 아닙니까?"

연치성은 알았다며 선 자리에서 돌아갔다.

홍문관 교리 홍문식은 홍문관 대문 앞에서 사인교를 버리고 두세 걸음 떼어놨을 때, 어디서인지 날아온 돌팔매에 뒤통수를 맞고 길바닥에 쓰러졌다. 그 광경을 먼저 본 것은, 가마를 돌리려던 교군들이었다. 교군이 달려갔을 땐, 땅바닥에 엎드린 홍 교리가 숨을 쉬고 있는 것 같았는데, 상체를 일으키자 딸깍 숨이 끊어졌다.

사람들이 몰려들어 그의 사인을 밝히려고 했으나, 누구도 뒤통수에 돌팔매를 맞고 죽었다는 사실을 알아내지 못했다. 그런 만큼, 그의 급살은 수수께끼로 남았다.

홍만식의 죽음은 장안의 화젯거리가 되었다. 돌팔매에 뒤통수의 급소를 맞아 죽었는데, 의원들은 그 상처를 찾아내지 못했다. 타박상 또는 열상裂傷의 흔적조차 없었다. 의원들은 상한병傷寒病에 의한 급사라고 판단했다. 상한은 흔히 남녀 관계가 있은 뒤 반각쯤에 나타날 수도 있었기 때문이다.

그러나 장안의 사람들은 확실한 사정은 모르면서도 타살이라고 생각했다. 그 옛날 세상을 떠들썩하게 했던 장삼성의 이름을 들먹이는 사람조차 있었다. 어떤 사람들은 세상이 크게 바뀔 징조라고 보기도 했고, 그 변화에 막연한 기대를 갖기도 했다.

'이놈의 세상, 빨리 망해라.'

라는 막다른 심성이 모두들의 가슴에서 소리 없는 소리를 지르고
있었던 것이다.

한편, 최천중은 홍만식의 죽음으로 인해 위험한 고비를 넘긴 셈
이 되었다. 하지만 쓴 뒷맛이 있었다. 불가피하긴 했으나, 드디어 사
람을 죽이게 되었다는 감회가 씁쓸하지 않을 수 없었다.

최천중 일당은 그때까지 사람을 죽인 적은 없었다. 되도록이면
결정적인 사태가 있기 전엔 사람을 죽이지 않겠다는 것이 그들의
신념이기도 했었다.

'사람을 하나 죽이기 시작하면, 다음다음으로 죽여야 할 일이 나
타난다.'

그 때문에 최천중은 봉미산에서 20년 전, 당시 대사헌이던 홍 대
감의 소실 이씨녀와 관계를 맺은 후 이씨녀의 큰아들, 즉 홍만식이
장차 당신의 생명을 노릴 것이니 미리 처치해버려야 한다고 해도
끝내 그 말을 듣지 않고,

"아무리 저편에서 살의를 가지고 덤벼도, 이편이 조심하면 그만
아니겠는가."
라고 황봉련을 말려왔던 것이다.

최천중이 홍만식을 죽이길 꺼린 건, 일시적이나마 정을 맺은 이
씨녀의 심정을 생각한 때문도 있고, 자기의 아들인 홍무가 고이 자
라기 위해선 홍만식 같은 영리한 형의 존재가 필요하다고 느낀 때
문이기도 했다.

홍만식은 최천중이 관상으로 짐작한 바와 같이 영리했다. 약관

21세에 과거에 장원급제할 수 있었을 정도였으니까. 물론 아버지가 대사헌이라는 후광이 있기도 했지만, 그때의 과거엔 대관들의 자제가 경립競立했던 것이니, 그 장원을 정실情實의 탓이라고만 할 수 없었다.

그런데 홍만식은 공을 세우기에 너무나 급했다. 어릴 때의 감정으로 최천중을 적시敵視하고, 최천중에게서 반골을 발견, 그 뒤를 밟으면 공을 세울 자료가 있을 것이라고 짐작한 것까진 그 총명의 탓으로 하겠으나, 공을 독차지하려고 덤빈 데에 그의 파국이 있었던 것이다.

뿐만 아니라, 그런 자리에 있지도 않으면서 남의 비행을 들춰내려는 태도는 결코 군자답지 않은 것이라고 하겠다.

이런 생각 저런 생각으로 최천중이 언짢아하는 기분을 짐작한 황봉련은

"홍만식은, 당신이 없었더라면 열 살 미만에 죽어야 할 운명에 있었소. 이를테면, 당신과 같은 은인에 대해 적의를 가졌다는 것이 그가 요절한 원인이오. 그보다 뒷수습이 중요하다고요."

하고 홍만식의 집으로 달려갔다.

황봉련은 상가로 달려가서, 지금은 홍 대감의 정부인貞夫人으로 되어 있는 이씨녀를 만났다.

주위의 사람들을 물리치게 하고, 슬픔에 잠겨 있는 이씨녀에게 다음과 같이 아뢨다.

"부인께서 겪으신 슬픔이야 어찌 말로 다 하겠나이까. 그러나 인명은 재천이어늘, 심히 마음을 상하지 마옵소서. 보다도, 후환 없도

록 해야 될 줄 믿소이다."

"무슨 후환이 있겠소?"

이씨녀의 반문이었다.

"화불단행禍不單行이라고 하옵니다. 댁에는 또 작은아들이 계시온즉, 각별한 배려가 있어야 할 것이옵니다."

"어떻게 하면 좋겠소?"

"돌아가신 홍 교리의 책상에나 문갑엔 홍 교리가 초草해둔 갖가지 문서가 있을 것이옵니다. 장례가 끝나면 필히 의금부나 포도청에서 그런 문서를 챙길 것이오니, 지금 당장 그것을 찾아내어 불살라버리는 것이 후환을 막는 방책인가 하옵니다."

뜻을 몰라 멍청히 앉아 있는 이씨녀에게 황봉련이 거듭 설명했다.

"듣건대, 돌아가신 교리께선 총명하시와 특히 국사를 걱정하고 계셨다고 하온데, 그분이 초한 문서엔 나라에 대한 걱정 끝에 지금의 대관들을 비판하는 대목이 있을 것이라고 쉽게 짐작이 되옵니다. 지금의 상황으로선 특정인을 칭찬하는 것도 반대파에 있어선 달갑지 않은 일이고, 특정인을 비판한 것이면 그 사람들의 원한을 살 뿐이니, 가부간 그런 문서를 남겨둔다는 건 당자가 이미 세상에 계시지 않는 이상 백해무익할 뿐입니다. 그것을 없애버리는 것이 상책이라고 아뢰는 바입니다."

이씨녀는 황봉련의 말이 천만지당하다고 생각했다. 옛날부터 이씨녀는 황봉련을 신임하고 있는 터이기도 했다.

이씨녀는 홍무를 불러 일렀다.

"네 형의 서상과 서함, 문갑을 들춰 네 형이 초한 문서를 하나 남김없이 이리로 가져오너라."

효도가 지극한 홍무는 어머니의 영을 받들어 홍만식이 초해둔 문서를 모조리 거두어 왔다.

이씨녀는 홍무를 물러가게 한 후, 그 문서 꾸러미를 가지고 황봉련과 더불어 후당 뒤뜰로 나갔다.

거기서 그 문서들을 태워 없애는데 황봉련은 자기의 짐작이 옳다는 것을 확인했다. 얼핏얼핏 보아 넘겼는데도 꽤 많은 부피의 문서에 최천중, 연치성, 박종태, 조동호 등의 이름이 빈번히 보였던 것이다.

짐작건대 홍만식은 최천중 일당의 행적을 거의 파악하고 있었던 것 같았다.

그리고 보다 정확을 기하기 위해 탐색을 계속하며 상계上啓할 시기를 노리고 있었던 것이 틀림없었다.

황봉련은 무더운 여름인데도 학질에 걸린 사람처럼 부들부들 떨었다.

눈에 보이게 떨고 있는 황봉련을 보자 이씨녀가 물었다.

"무슨 까닭으로 그렇게 떨고 있소? 어디 아픈 거나 아닌가?"

황봉련이 가까스로 전율을 억누르고 나직이 말했다.

"문서를 태우길 백 번 천 번 잘 했소이다. 이 문서가 남아 있었더라면 홍무의 아버지가 죽을 뻔했소이다."

이 말에 이씨녀는 소스라치게 놀랐다. 홍무가 출생한 비밀을 어떻게 황봉련이 알았을까 해서다.

"놀라지 마십시오, 마님. 이 황봉련이 모르는 일은 없사옵니다."

하고, 그녀는 침착하게 나뭇가지를 꺾어 흙을 파선, 이제 막 태운 문서의 잿더미를 덮었다.

그러한 동작을 지켜보면서도 이씨녀는 말을 못 했다. 그 얼굴엔 질린 듯한 표정이 있었다.

"홍무 도련님을 얻은 것이 여주 신륵사가 있는 봉미산이 아니었습니까?"

봉련이 여전히 나직한 소리로 계속했다.

"그러하오나 휴념하옵소서. 나와 마님과 홍무 도련님의 아버지 되는 사람이나 알까, 아무도 모르는 일이옵니다. 항렬상의 이름을 홍충식이라고 지어놓고도 마님께선 군이 홍무라고 부르게 한 연유도 전 알고 있습니다."

이씨녀는 '후유' 하고 한숨을 쉬었다. 창피한 일이었으나 속속들이 알고 있는 사람에겐 어쩔 수 없는 것이다.

"한데, 그 어른은 지금 어디서 무엇을 하고 계시는가요?"

하고, 이씨녀는 고개를 숙인 채 물었다.

"그분 역시 나라의 일을 걱정하고 있습죠. 장차 홍무 도련님이 그분이 자기 아버지란 사실을 알아도 부끄럽지 않을 그런 어른이옵니다."

"그건 안 되오, 그건 안 되오. 홍무가 어미의 그런 사연을 알아선 안 되오!"

이씨녀는 황봉련에게 매달리듯 했다.

"그렇다면 그런 일이 없도록 하겠소이다."

하고, 황봉련은 다음과 같은 제안을 했다.

"지금 상중이라 번거로운데 이런 말씀 드리긴 송구하오나, 제 말을 들어주소서. 지금 그 어른은 나라 일로 분주하신데 혹시 신변이 위험하게 될 때가 있을지 모릅니다. 그땐 제가 통기할 것이오니, 그 분을 댁에 숨겨주셔야 하겠습니다. 원님 대사헌 댁이니 누구 한 사람 의심할 사람이 없을 것이고, 남자 어른이란 이 댁엔 홍무 도련님 한 분이 아니옵니까? 마님의 친정 친척이라는 구실을 붙이셔 안사랑에 거처케 하시면 일시의 화는 모면할 수 있을 것이옵니다."

이씨녀는 거절할 방도를 몰랐다. 다만,

"일년상一年喪 동안엔 상문객이 많을 텐데, 그 일을 어떻게 하면 좋을지…"

하고 중얼거렸다.

"안사랑이 적당치 못하면, 저 후당에 모시면 좋지 않겠사옵니까."

하고, 봉련은 뒤뜰의 정자를 가리켰다.

뒤뜰의 그 정자까진, 비록 친척일망정 외인은 들어오지 못하는 것이다. 요는 홍무만 설득하면 되는 것이다. 이씨녀는 승낙한다는 뜻으로 고개를 끄덕였다.

황봉련은 이미 쉰 살을 넘겼을 이씨녀의 가슴에 일기 시작한 듯한 도화색을 꿰뚫어볼 수 있었다.

동시에,

'여자란 슬픈 것.'

이란 감회를 새롭게 했다.

황봉련은 그 집을 하직하고 나서며,

'홍만식이 없는 이 집은 최천중의 피난처이며 발판이 될 것이다.'
하는 짐작을 했다.

그러곤 가마를 타고 집으로 향하면서 최천중이란 사나이를 알았기 때문에 자기가 행복한가 불행한가 하는 생각을 해보았다.

그 결론은 다음과 같았다.

'행, 불행이 어디에 있을쏜가. 나는 그분을 통해 여자가 되었는걸!'

하늘로부턴 땅 덩어리를 온통 태워버리듯이 햇볕이 내리쬐고 있었다. 땅으로부턴 사람들을 모조리 삶아 없앨 것처럼 열이 뿜어 올랐다.

아무려나, 늦은 봄부터 칠월에 접어들기까지 비가 한 방울도 내리지 않았다. 그러는 동안에도 하루가 멀다 하고 살육의 형이 집행되고 있어 부시腐屍*의 내음이 한양의 거리를 더욱 숨 막히게 하고 있었다.

― 저렇게 사람을 죽이는데, 하늘인들 노하지 않을까?
하는 소리가 있는가 하면,

― 불쌍한 백성에게 무슨 죄가 있다구…. 가물면 백성만 죽을 판이 아닌가.
하는 원성도 저절로 나왔다.

이따금 동빙고, 서빙고로부터 얼음을 싣고 가는 수레가 염열炎熱의 대로를 지날 때도 있었는데,

---

* 썩은 시체.

152

― 우거진 나무 그늘 아래 빙판을 깔아놓고 앉아, 얼음에 절인 과일을 먹고 있으니, 기우제엔들 정성이 있을까.

하고, 사람들은 한숨을 쉬었다.

이런 상황이었으니, 무슨 일인가가 닥치지 않을 까닭이 없다는 압박감을 섞은 예감이 한양의 거리를 억눌렀다. 아니, 무슨 일이라도 일어나지 않고서야 숨이 막혀 어디 살겠는가 하는, 자포자기에 겨운 상념이 돋아나기도 했던 것이다.

이러한 어느 날 밤, 별장 김권이 최천중을 찾아와서 다음과 같이 아뢨다.

"아무래도 무슨 일이 있을 것만 같습니다. 병정들의 동정이 이상합니다. 배가 고프니 더위를 더욱 참아내지 못하겠다고 숙덕숙덕하고 있습니다. 굶어 죽으나 맞아 죽으나 매양 한가지니, 관창이라도 털어 식구들이나 배불리 먹여놓고 죽자는 사발통문이 가졸들 사이에 돌아가고 있는 모양입니다. 거사를 하려면 이때가 아닌가 합니다. 거사의 신호, 순서, 사후책을 빨리빨리 강구해서 심복을 배치해야 되지 않겠습니까?"

"운현궁의 동태는 어떠한가?"

"운현궁의 동태도 심상치 않습니다. 관창을 부수고 척신들을 죽여도 대원군이 뒷감당을 해줄 것이란 말도 은근히 돌고 있는 것을 보면, 운현궁 저쪽에서 선동하고 있는 듯한 기미가 없지 않습니다."

"그렇다면 시아비와 며느리가 한바탕 붙을 건 명약관화한 일 아닌가?"

"그렇다고도 할 수 있습니다. 그러나 이 기회를 활용해서 거사를 하려면 지금부터 서둘러야 하겠습니다."

"김 별장의 계획은 어떤가?"

"일시 대궐을 점거하는 건 문제가 없을 것 같습니다. 우리들의 심복 50명가량을 군졸 속에 섞어두었다가, 기회를 보아 임금을 감금해두는데, 그렇게 되면 반드시 대원군의 입궐이 있을 것이니 그때 대원군을 처치해버리면 되는 것입니다."

"민녀와 동시에 대원군도 해치운다, 이건가?"

"그렇습니다."

"그럴 자신이 있는가?"

"있습죠. 대궐을 지키고 있는 군졸 가운데도 우리들의 심복이 있으니까요."

"뒤이은 사태는?"

"왕명이라 하여 누르는 수밖에 없지 않겠습니까?"

"별장의 말을 들으니, 너무나 일이 간단하오만…."

최천중이 중얼거렸다.

"사태를 그렇게 만드는 데까진 간단하옵죠. 이쪽저쪽에 우리의 심복이 끼어 있은즉, 민녀와 대원군을 없애고 임금을 유폐하기까진 쉬운 일입니다. 문제는 그 다음입니다. 왕명이라고 내세워 일시적으로 발라넘길 순 있겠지만, 준비 없이 오래 지탱할 순 없는 일이니까요."

김권의 얼굴이 벌겋게 상기되어 있었다.

"그러자면…."

하고 최천중이 말했다.

"원임原任, 시임時任* 간에 위력이 있고 신망이 있는 대감들 몇쯤을 우리 편에 붙여둬야 할 것이 아닌가?"

"그렇습니다. 대감들의 입을 통해서만 왕명이 거행될 수 있을 테니까요."

최천중은, 그 문제는 조동호, 김웅서 등과 의논해보아야겠다고 생각하고,

"임금을 유폐하는 동시에 각처에서 민란이 일어나도록 하면 군사들이 서울에 모여들 여유를 없앨 것 아닌가?"

하는 의견을 말해보았다.

"물론 그렇게 해야 합니다. 전국 방방곡곡에서 일시에 민란이 일면 조정은 속수무책으로 될 것 아닙니까? 그동안에 이편의 의도대로 중앙을 굳혀놓으면, 신왕 등극의 기회가 빨리 올지도 모를 일입니다."

김권은 이렇게 아무렇지도 않다는 투로 말했다.

최천중은

"그럼 수일 안에 연락을 할 테니, 그사이 결코 경거망동을 마라."

고 일러놓고 일어섰다.

그길로 최천중은 황봉련을 찾아갔다.

황봉련은 기다리고 있던 참이라면서 최천중을 맞아들이고, 홍만

---

* 원임: 전관, 시임: 현직.

식의 집에서 있었던 일을 소상하게 아뢰는 동시에, 다음과 같이 덧붙였다.

"그만한 문서를 초해놓은 것을 보면, 모의를 누구에겐가는 귀띔해두었는지도 알 수 없는 일이오. 그러니 당분간은 행동을 조심하는 게 어떨까 하옵니다."

"지금이 거사의 고비가 되겠는데…."

하고, 최천중은 난색을 보였다.

"졸속으로 일을 망치는 것보다 돌다리를 두드리는 신중으로 성사될 길을 걸어야 할 것이오. 그런데 혹시 쫓기는 형편이 되든가, 신변의 위험을 느끼실 때는 주저 말고 홍만식의 집으로 달려가도록 하시오. 홍만식이 고발하려던 사람이 홍만식의 집에 숨어 있으리라곤 누구도 생각을 할 수 없을 테니까요."

"그럴듯한 말이로군."

해놓고, 최천중은 김 별장의 의견을 보태어 지금이야말로 물실호기 勿失好機해야 할 때라고 했다.

"호기에 함정이 있는 법이옵니다. 그런 거사는 하늘에서 길을 열어주지 않으면 불가능한 일인즉, 기다리도록 하시오. 말하자면 호기 갖곤 어림이 없소이다. 천여天與의 기회를 잡아야죠."

"천여의 기회도 사람이 만들어야 하는 것 아뇨? 나는 벌써 20년을 기다린 셈이오."

이 말에서 최천중의 초조를 본 황봉련은 싸늘하게 말했다.

"기다리다 지쳐 죽은 한이 있더라도, 지레 벼락을 맞으려고 덤벼선 안 됩니다."

여자의 말이라고 해서 황봉련의 말을 예사로 들을 순 없었다.

그 뜻을 잘 알았다고 하고, 회현동에서 나온 최천중은 조동호를 찾아갔다.

조동호는, 수상한 소문이 나돌고 있기도 해서 탑골의 친구 집에 은신하고 있었다.

최천중의 말을 끝까지 듣고 있다가, 원임, 시임 간에 우리 편이 될 만한 대관이 없을까 하는 말이 나오자, 조동호는

"이건창李建昌을 한번 만나보면 어떨까?"

했다.

당시 이건창은 나이가 32세. 19세에 옥당玉堂에서 출사하고 23세에 서장관書狀官으로 발탁되어, 청국에 가선 명사名士 황옥黃鈺, 장가양張家驤, 서보徐郙 등과 교유한 적이 있었는데, 그들은 젊은 이건창의 학식에 경탄해마지않았다고 한다. 26세 때 충청도의 어사로 나가 충청감사 조병식趙秉式의 탐학貪虐을 적발하여 이름을 올리기도 했으나, 결국 그들의 모함에 걸려 벽동碧潼에서 1년 남짓 귀양살이를 하기도 했다. 말하자면, 이건창은 뛰어난 학식의 소유자였을 뿐 아니라, 강직한 관리이기도 했던 것이다.

조동호가 자기보다 나이가 어린 이건창을 만나 의견을 듣고자 한 것은 청국 사신으로 갔을 때 동행한 연고로 친한 사이기도 했지만, 정부의 중간 간부의 자리에 있었던 경력으로 해서 조정의 사정과 인물들을 잘 알고 있을 것이라고 믿었기 때문이다.

"이건창을 만나는 것은 좋지만, 어느 정도까지 허심許心할 수 있을까?"

"허심, 불허심을 문제삼을 것이 아니라, 이건창이 조정에 대해 어떤 견해를 가지고 있는가를 먼저 타진하고, 나아가 믿을 만한 인물이 조정에 있는가 없는가를 살펴보는 것도 유익한 일이 아니겠소? 이건창이 조정에 대해 철저한 충성을 맹세하고 있는 사람이라면 우린 그 이상 그 사람에게 접근하지 않으면 될 일이고, 정세에 관한 그의 의견을 참고만 하면 될 일이 아니겠소?"

"그럼 좋소."

하고 최천중이 제안했다.

"나이 어린 사람을 우리가 찾아간다는 것도 어색한 일이니, 어디 자리를 만들어 그리로 부르면 어떠하올지?"

"그것도 좋은 생각이오만, 이건창은 원래 성격이 너무나 강직한지라, 명분이 석연치 않은 주석 같은 덴 잘 나오지 않을 것이오."

"조공이 불러도 그럴까요?"

"내가 부른다면 오기야 하겠죠. 그러나 그런 성격을 뻔히 알고 있으면서 내가 무슨 명분을 꾸며대겠소."

"시국에 대한 청담淸談이나 하자구 하면…?"

"그건 더욱 안 되죠. 지금은 직책이 없다고 하나, 조신朝臣인 것만은 틀림없는 일. 조신이 야에 있는 사람들을 상대로 시국에 관한 청담을 하려고 하겠소?"

"그렇게 까다로운 사정인데, 꼭 그 사람을 만나볼 필요가 있을까요?"

"까다로운 사람이니까 만나보고자 하는 거요. 기필 얻는 것이 있을 것이오."

결국 두 사람은 이건창의 사제私第로 찾아가보기로 했다.

　최천중과 조동호는 이건창의 집이 너무나 초라한 데 놀랐다. 명
색이 대문이란 게 서 있긴 했지만, 좌우의 돌담이 무너진 채 방치
되어, 대문이 닫혀 있어도 예사로 출입할 수 있게 돼 있었다.

　그래도 조동호는 닫혀진 대문 앞에 서서 주인을 찾았다. 하녀 하
나가 나왔다. 꾀죄죄한 몰골이었다.

　"나으리 계시냐?"

　조동호가 물었다.

　"계셔도 안 계시는 거나 마찬가지예요."

　하녀의 답이었다.

　"그 말이 또한 이상하구나. 계셔도 안 계시는 거나 마찬가지라
니…?"

　조동호가 웃었다.

　"나으리께선 아무도 만나시질 않습니다."

하며, 하녀가 되돌아서려고 했다.

　"그것도 사람 나름이겠지. 죽림동에서 온 조동호라고 일러라."

　하녀는 집 안으로 들어가더니, 다시 나와 들어오시라고 했다. 그
러고는 안내하는 곳이 바로, 담장이 허물어져 한데나 다름없이 되
어 있는 사랑채였는데, 방문 하나를 열었다.

　삿자리를 깐 방바닥이 말끔히 청소되어 있었으나, 방에서 흙냄새
가 물씬 났다.

　최천중은 조동호를 따라 방으로 들어가 좌정하고 주변을 두리번

거렸다. 한 번쯤 도배를 한 적이 있는 것 같은데, 이미 벗겨져 흙벽이 군데군데 노출되어 있었다. 흙냄새에 매콤한 곰팡냄새마저 섞였다.

무더위 속에 흙냄새와 곰팡내까지 섞여놓으니, 잠시를 견디기가 힘들었다.

최천중은 그 언젠가 연치성의 구명 운동을 위해 경장방의 유 진 사 댁을 찾은 적을 회상하고 '후유' 한숨을 쉬었다.

그 한숨소리를 들었던지, 조동호는

"청백리의 집은 대강 이 모양이라오. 놀랄 것 없지 않소."

하면서도 상을 찌푸렸다.

"환재 선생님도 청백하기 이를 데 없었지만, 이런 모양은 아니었는데…."

최천중이 한 말이었다.

"환재 선생의 사모님이 영악하셔서 농사를 짓고 계셨지 않았소."

조동호의 말이 끝나기 전에 안쪽에서 기침 소리가 나더니 주인이 들어왔다.

삼베 중의에 때 묻은 홑버선을 신고, 대님을 친 위에 허름한 도포를 입고 갓을 쓴 차림이었다.

이건창은 공손히 절을 하고, 문안드리지 못한 사연을 조동호에게 사과했다.

최천중과도 인사가 있었다. 그러나 새삼스럽게 소개할 필요는 없었다. 두세 번 면식이 있었던 것이다.

"이공은 사람을 만나지 않는 모양인데, 무슨 사유라도 있소?"

조동호가 물었다.

"일거수일투족이 말썽이니, 사람을 피할 수밖에 없소이다. 그런데다 귀양길에서 돌아온 지 얼마 되지 않으니, 근신하고 있는 중입니다."

이건창이 조용조용 말했다.

"누구를 위한, 무엇을 위한 근신인가?"

하고 조동호가 물었다.

"나 자신을 위한 보신이지, 별다른 사유가 있겠사옵니까."

이건창의 말투에 자조自嘲의 빛이 일었다.

"그런데 오늘 우리가 이공을 찾은 것은…."

하고 조동호가 입을 열자, 이건창이 황급히 손을 저었다.

황급히 손을 젓고 이건창이 한 말은,

"모처럼의 왕림이오나, 고담高談과 청론淸論은 삼가소서."

"고담과 청론을 삼가라면 속담俗談을 하겠네."

조동호의 말투에 익살이 섞였다.

"속담도 삼가소서."

이건창이 싸늘하게 말했다.

"고담도 안 된다, 청론도 안 된다, 속담도 말라…. 그럼, 벙어리가 되란 얘기가 아닌가?"

"송구하옵니다. 그러나 도리가 없는 일 아닙니까? 저는 여리박빙如履薄氷으로 지내고 있사옵니다."

"이공의, 그 기왕의 기골은 어떻게 되었는고?"

"외람한 말이 될지 모르나, 공석에 있어서의 기골을 가꾸기 위해 사석에 있어선 삼불三不로 일관할 작정이옵니다."

"삼불이란…?"

"청이불문聽而不聞, 관이불견觀而不見, 그리고 불어不語를 이름입니다."

"그렇다면 청이불문이라도 하시구려."

"아니 되옵니다. 워낙이 가난해서 대접해드릴 것도 없사온즉, 그리 아시고 오늘은 이만 결례를 하겠소이다."

이건창이 일어서려는 것을,

"이공!"

하고 조동호가 불러 앉혔다.

"이공이 보신지책保身之策에 철저하겠다는 것을 나무라지는 않겠소. 난세에 있어선 보신도 또한 상책에 속하는 것이니까. 그러나 변변찮으나마 선학이 후학을 찾아왔는데, 말하고자 하는 것이 뭣인지 들어보지도 않고 축객에 급급한다는 건 군자의 도리가 아닐 줄 아오. 우리는 영재寧齋*를 아끼는 사람으로서, 슬프기 짝이 없소. 우리의 말이 어긋났거든 고쳐주고, 어긋나지 않았는데도 동심하지 못할 땐 그 뜻을 밝히고, 우리의 말을 들은 것만으로도 죄가 될 성싶으면 우리를 관에 고하고…. 그렇게 떳떳이 행동하는 것이 대장부의 금도가 아니겠소? 그렇거늘 소심이익, 야인의 말을 듣기조차 꺼려하는 것을 보니 실로 통탄할 바이오."

그러자 이건창의 얼굴에 핏기가 올랐다. 눈망울에 생기가 초롱초롱했다.

---

* 이건창의 호.

"말씀을 그렇게 하신다면 저도 한 말씀 올리겠소. 없는 돈을 빌려달라는 말을 하기에 앞서 미리 그 말을 막아 서로의 무안함을 없게 하는 것이 상책이며, 가르칠 수 없는 학문상의 질문을 미리 막아 이편의 무안함을 없게 하는 것이 상책이며, 천언만설을 들어도 미동도 안 할 각오일진대 미리 그 말을 막아 피차의 감정이 헝클어지지 않게 하는 것이 상책이며, 결국은 아불리我不利 피불리彼不利할 말이면 아예 듣지 않는 게 상책이 아니오이까? 저는 조공에게 드릴 말씀도, 도움이 될 힘도 갖지 않은 처지에 있은즉, 무례를 범하게 되어 있습니다. 사전에 듣지 않겠다는 것도 무례이며, 사후에 응낙할 수 없다고 하는 것도 무례가 될 것인즉, 이왕이면 사전 거절의 무례를 범한 것이옵니다. 아까 조공께서도 난세라는 말을 하시지 않았습니까? 난세에 당혹한 소인배의 태도라고 보아주시고 노여움을 푸시기 바라옵니다."

이건창은 격한 투로 이렇게 말하고 머리를 숙였다.

"자기 일신이 보전되기만 하면 나라는 어떻게 되어도 좋다는 것처럼 들립니다그려."

최천중이 한마디 끼였다.

"저는 저 나름대로 나라를 걱정하고 있소."

이건창이 분연히 답했다.

"그걸 알고 싶군."

조동호가 한 말이었다.

"나는 공도公道를 통해서만 나라를 생각합니다. 공도란 즉, 관직에 있는 자가 따라야 할 길입니다. 조정을 받들고 조정을 위하는 외길뿐입니다."

"조정과 나라는 하나다, 이 말인가?"

조동호가 물었다.

"조정과 나라가 둘일 순 없지요."

이 말에 어이가 없다는 듯 웃고, 조동호는 다음과 같이 말했다.

"이공과 나는 같이 청국엘 다녀온 처지가 아닌가. 거기서 세계의 대세를 견문하지 않았던가? 서양 문명의 증거를 보지 않았던가? 그래도 조정을 지키는 것이 나라를 지키는 것이란 고루한 생각을 버리지 못하는가? 이공과 같은 명민한 인재가 그처럼 고루하다는 건 통재야痛哉也, 통재."

"세계의 대세를 알고 있으니까 저는 더욱 조정에 고집하는 것이오. 조정을 단단히 단속해야만, 그 대세에 휩쓸리지 않고 우리는 우리를 지켜나갈 수 있지 않겠소? 조정을 굳게 뭉쳐놔야만 양이의 문물을 받아들이는 데도 과함이 없고 부족함이 없도록 할 수 있을 것이 아니오이까. 지금 양이와 통상을 하게 되면, 각처에서 이론 이설異論異說이 들어와 중구난방할 형세가 될 것이 필지의 사실인즉, 그런 통상을 막고 안으로 우리의 도덕으로 나라를 다스려 한 덩어리가 되어야 하지 않겠습니까. 지금 조정이 문란하게 되면 오직 파멸이 있을 뿐입니다. 근역槿域*이 양왜에게 유린되고 말 것입니다."

"조정은 지금 문란지극紊亂之極에 있지 않은가?"

---

* '무궁화가 많은 땅'이라는 뜻으로, 우리나라를 달리 이르는 말.

"그걸 바로잡아야죠."

"바로잡지 못하면…? 병은 이미 고황膏肓**에 들었는데두…?"

"바로잡지 못하면 그땐 파멸이죠."

"그러니까 차선의 방법을 강구하자는 게 아닌가."

"차선의 방책을 찾다간 최선의 방책을 놓칩니다. 성충誠忠을 다해 조정을 온전케 해야 합니다. 그 밖엔 방법이 없습니다."

"방법이 있는데두?"

"그 방법, 알고 싶지 않습니다."

"천하가 달려들어 조정을 망치려고 하는데, 영재 혼자 힘으로 대세를 막을 수 있을까?"

"거세개탁擧世皆濁도 아독청我獨淸이면 그만 아닙니까? 개인에게도 명운이 있고, 나라에도 명운이 있는 것인즉, 진인사盡人事하여 대천명待天命하다가 천명이 부지不至면 순절殉節할밖에 도리가 있사옵니까. 지금 천하는 백론백출百論百出하고 영웅할거英雄割據하는 형세인 듯하나, 나라의 중심은 어디까지나 조정이며, 조정이 가진 명분과 세위에 맞먹을 만한 것을 만들어낼 어떤 명분도 세력도 없사옵니다. 말이 났으니 말입니다만, 조공께서나 최공께서도 조정을 저버리는 일이 없도록 하옵소서."

"그럼 묻겠는데…."

하고, 조동호가 성색을 가다듬었다.

** 낫기 어려운 병.

165

"지금 듣건대, 민 왕후와 대원군 사이에 확집*이 있다고 하는데, 영재는 어떻게 생각하는가?"

"내가 답할 말이 아닌 듯하옵니다."

이건창이 조용히 말했다.

"영재는 우리를 믿지 못하겠다는 말인가?"

하고, 조동호가 역정을 냈다.

"신, 불신을 말하려는 게 아닙니다. 조공이 물으신 말에 무리가 있사옵니다. 민 왕후가 조정의 중심이니, 조신이면 마땅히 취할 바가 있지 않겠습니까. 후일 국태공이 조정의 중심이 되어도 사정은 매양 한가지입니다. 조정이 충성의 대상이지, 그밖엔 논지할 여지가 없는 것으로 아옵니다."

이건창의 말이 이렇게 되면, 조동호와 최천중이 더 머물러 있을 까닭이 없었다.

두 사람은 일어섰다.

이건창은 대문 앞까지 두 사람을 공손히 전송했다.

"고루固陋가 총명을 막았구먼."

한길로 나서며 최천중이 한 말이다.

"그러나 이건창을 나무랄 순 없소. 유교라는 학문의 한계가 거기 있는 것 아닌가."

조동호가 한 말이다.

"부유腐儒, 망국亡國이 명약관화하구먼."

최천중이 투덜댔다.

"최공, 그런 말은 삼가시오. 이건창은 유학자의 테두리를 넘어서지 못했을 뿐이지, 부유는 아니오. 생각해보시오. 오늘의 정세를 놓고 어느 누가 확실한 방책을 가질 수 있겠소. 이건창의 조정 중심 사상도 그 가운데의 하나이오. 그로선 그 길이 최선일 수밖에 없겠죠. 이건창은 그의 식견과 충성을 다해 그가 옳다는 길을 걷겠다고 하는데, 우리와 동사同事하지 않는다고 해서 어찌 탓할 수 있겠소? 안 그렇소, 최공?"

"듣고 보니 그렇소이다."

하고, 최천중은 조동호도 한때 조정의 녹을 먹은 사람이란 사실에 상도**했다.

나라의 녹을 먹은 경력이 있는 사람과 그렇지 않은 사람은 생각이 다를 수밖에….

"이건창이 저렇다고 하면, 조정의 중신 가운데선 동지를 얻을 수 없다는 얘기가 아닌가."

하고 최천중이 물었다.

이엔 답이 없더니, 조동호가 중얼거렸다.

"아무래도 어윤중과 김옥균의 귀국을 기다려야 하겠어. 뭐니 뭐니 해도 기골이 있는 사람이라야 하느이."

"그럼, 이번 거사는 포기해야 한단 말인가?"

최천중이 암담하게 말했다.

** 想到: 생각이 미침.

"포기한다기보다 정세를 지켜보며 결단을 내려야지. 시기로 말하면 절호지기絶好之機라고 할 수 있는데, 아아."

조동호는 깊은 한숨을 쉬었다.

조동호의 견식으로선, 청·일을 비롯해 외국의 세력이 조정과 깊은 관계를 맺기 전에 결단을 내려야 하는 것이었다. 그러니까 지금이 절호의 시기인 것이다.

일본을 비롯해서 미·영·노는 이제 겨우 조약을 맺었을 뿐이고, 청국은 나라의 형편상 조선이 자기들의 속방이 아니라는 뜻을 거듭 천명하고 있었으니, 조정을 변조變造한다고 해서 국제적인 물의가 그렇게 심하진 않을 것이기 때문이었다.

임오군란

壬午軍亂

1882년 7월. 그러니까 음력으론 6월. 가뭄이 여전히 계속되어 찌는 듯 무더운데, 일촉즉발에 천지가 무너질 듯한 예감이 공기 속에 절박했다.

　— 군졸들이 가만있진 않을 것이다.

하는 풍문이 돌았다.

　— 13개월 동안이나 급료를 받지 못했으니 오죽이나 할라구. 사흘을 굶으면 세 길 담장을 뛰어넘는다는데….

　— 그러나저러나, 모두들 용케도 참았지.

　— 참는 게 아니라. 밸이 없는 것이야.

　— 언젠가 한번은 터지겠지.

하고 숙덕거리는 말들도 있었다.

　— 언젠가 한번은 터지겠지.

그 터질 날을 이를 갈며 기다리고 있는 사람이 대원군이었다.

군졸들의 분통이 터지는 날, 그날 용은 하늘을 날 것이다.

대원군은 이렇게 마음을 다지고, 어떤 경우에라도 편승할 수 있도록 만전의 대책을 강구하고 있었다.

그의 제일 심복은 전에 중군中軍을 지낸 바 있는 허욱許煜이다.

그건 그렇고, 조정에서도 군졸들에게 방료放料*하지 않고 그냥 지낼 순 없다는 사태를 깨달았다. 중전은 쌀이 모아지기만 하면 다시 대대적인 기도제를 올릴 예정으로 있었지만, 승지의 한 사람이 말렸다.

"기도제도 물론 올려야 할 것입니다만, 군졸들을 굶겨 죽일 순 없사옵니다. 배고픈 군졸들을 사주해서 일을 꾸미려고 드는 사람이 있다는 것을 아울러 살피소서, 마마."

그래서 전라도 조미漕米가 도착하는 즉시, 한 달치의 급료를 배급할 작정을 세웠었다.

이 무렵, 별장 김권이 최천중을 찾아왔다. 김권은 곧 방료가 있게 된다니 군졸의 동요가 진정될지 모른다는 얘기를 하곤, 전 중군 허욱이 운현궁과 기맥을 통해 뭔가 획책하고 있는 것 같다는 정보를 알렸다.

그러고는,

"민 왕비와 대원군이 병사兵事로써 대결할 때가 있으면 어떻게 하는 것이 좋겠습니까?"

하고 물었다.

---

* 반료. 나라에서 매달 요(料: 임금)를 나누어줌.

"좌이방관座而傍觀할 뿐이오."

최천중이 담담하게 말했다.

"절호의 시기를 놓쳐 어떻게 할 작정입니까?"

김권은 안타깝게 말했다.

최천중은 황봉련과 조동호의 신중론을 내세워,

"왕비와 대원군의 싸움엔 끼어들지 않는 게 좋을 것 같다. 골육상쟁하다가, 양편이 기진맥진해질 때까지 기다리는 게 좋을 것 같다."

고 타일렀다.

사실, 군사를 움직여 대원군과 중전을 동시에 성패해버린다고 해도 조정에, 아니, 궁중에 내응하는 자가 없으면 일을 성공적으로 수습할 수가 없는 것이다.

"요컨대, 인재가 모자라는 거여."

하고 최천중이 한탄했다.

이십여 년을 애썼는데도, 성사에 필요한 인재를 모으지 못했다는 것이 한스럽기 짝이 없었다.

김권이 가슴을 쳤다.

"모처럼 가꾸어놓은 심복들을 어떻게 하리까? 빨리 활용하지 않으면 무용의 장물**이 되고 맙니다. 이번에 무슨 변란이 있기만 하면 그 기회를 이용해야 하는 건데…."

"별장, 도리가 없소. 수삼 년을 기다려보도록 합시다. 화중火中에

** 長物: 불필요한 물건.

서 밤을 줍는다는 게 쉬운 일은 아니오."

그날 음력 6월 5일, 최천중은 최팔룡의 별채에서 바둑을 두고 있었다.

해 질 무렵, 박종태가 달려왔다.

"선혜청에서 야단이 났습니다."

이어, 다음과 같이 설명했다.

"13개월 만에 한 달치의 방료를 하는데, 일 석으로 친 것이 반석도 안 되는 데다가, 그나마 모래를 섞었다고 해서 무위영의 군졸들이 난동을 부렸다고 합니다."

"드디어 일이 터졌군. 그래, 그 후의 경과는?"

최천중이 물었다.

"강직순을 시켜 소상한 경위를 알아오라고 했으니까, 곧 알 수가 있을 것이옵니다."

하고, 박종태는 자기가 들은 대로의 상황을 얘기했다. 선혜청의 고직庫直이 농간해서 일을 벌인 것 같은데, 만만찮은 결과가 될 것 같다는 짐작을 보탰다.

반 각쯤 후에 강직순이 왔다. 강직순의 말에 의하면, 모래가 섞인 쌀을 받고 분개한 군졸들이 돌멩이를 던지는 등 야료가 있었는데, 그 가운데 포수 김춘영, 유복만, 정의길, 강명준 등이 고직의 멱살을 잡아끌고 야무지게 두들겨주었다는 것이다.

"나쁜 놈은 맞아야지."

최팔룡이 한 말이다.

"고직을 두들겨준 놈들은 어떻게 됐나?"

최천중이 물었다.

"포도청 군관들이 우르르 몰려와서 붙들어 갔습죠."

"포수들의 패거리도 있었을 텐데?"

"그러니까 한동안 수라장이 되었습니다. 그러나 선혜청 당상의 엄명이라고 호령호령하는 바람에 어쩔 수 없는 모양이었습니다."

"선혜청 당상이 누구더라?"

최팔룡이 물었다.

"민겸호 아닌가뵈."

하는 최천중의 대답에

"민겸호라⋯. 중전의 오빠라던가?"

하고 최팔룡이 되물었다.

"양오빠라나 뭐라나."

"헌데, 그 고직이란 녀석은 민겸호의 하인이랍니다."

강직순이 말을 끼웠다.

"붙들려 간 뒤엔 어떻게 됐나?"

최천중이 물었다.

"이쪽에 한 패, 저쪽에 한 패, 여러 패로 갈라져 숙덕거리고 있는 것만 보고 왔습니다."

강직순의 대답에 최천중이 혀를 찼다.

"그 따위로 일이 끝나고 만다면 나라 일이 탈이로군. 군졸들의 기골이 그 모양이라면 전쟁이라도 났을 때 어디 써먹겠나."

"그냥 수그러지진 않을 것 같았습니다. 살기가 등등하던데요."

하는 강직순의 말이 있자,

"두고 보십시오. 대원군이 가만있진 않을 겁니다. 무슨 변란이 있고야 말 것입니다."

하고, 박종태가 힘을 주어 말했다.

"있어야지. 변란이 있어야지. 무슨 구경거리라도 있어야 살지, 이대론 숨이 막혀 견딜 수가 없구나. 종씨, 바둑 그만두고 우리 술이라도 합시다."

하며, 최천중이 바둑판에서 물러나 앉았다. 최팔룡이 손뼉을 쳐서 하인을 불렀다.

승정원일기, 고종실록, 일성록日省錄 등을 종합해서 그 경위를 살펴본다.

이른바 임오군란.

무위武衛, 장어壯禦의 양영 군졸들은 13개월 동안이나 급료를 받지 못했다. 그러던 중 전라도로부터 조미가 도착한 것을 기다려 1개월분의 방료를 지급하게 되었다. 이때 선혜청 고직이 농간을 부렸다. 일 석으로 친 것이 반 석도 되지 못했다. 그나마 모래와 잔돌이 섞여 있었다. 무위영 소속의 구 훈련도감 군졸 등이 크게 노하여, 돌맹이를 난투하며 야료를 부렸다.

포수 김춘영金春永, 유복만柳卜萬, 정의길鄭義吉, 강명준姜命俊 등이 달려들어 고직을 구타했다. 선혜청의 당상 민겸호閔謙鎬는 군관에게 영을 내려, 김, 유, 정, 강 등을 체포하여 포도청에 수감했다. 이것이 음력 6월 5일에 있었던 일이다.

동료가 체포되는 것을 본 무위영 군졸들의 분격은 극도에 달했다.

김춘영의 부친 김장손과 유복만의 동생 유춘만이 서로 의논하여 통문通文을 돌렸다. 통문에 따라 무위영 군졸들이 대거 무위대장 이경하의 집으로 가서 사건의 전말을 말하고 호소했으나, 이경하는

"선혜청 당상인 민겸호 대감을 직접 만나 호소하라."

고 일렀다.

군졸들은 민겸호의 집을 향해 발진했다. 집 근처에서 지난번 급료를 지급할 때 농간을 부린 고직을 만났다. 군졸들은 고직을 잡아 분을 풀려고 했다. 고직은 민겸호의 집 안으로 도망쳤다.

군졸들은 그놈을 쫓아 민겸호의 집에 난입했다. 굶주린 그들의 눈에 비친 민겸호 집 살림살이의 호사는 군졸들의 격노를 더욱 심하게 했다.

흥분한 군졸들은 닥치는 대로 민겸호의 집과 기물을 파괴하기 시작했다.

이때, 민겸호는 궁중에 있었기 때문에 직접 화는 입지 않았다.

한편, 군졸의 일대는 운현궁으로 달려가서 대원군에게 애원했다. 이미 저지른 행패로 해서 대원군의 힘을 받지 않곤 생로生路가 없다고 깨달았을 뿐 아니라, 은연중 사전에 연락이 있었던 것이다.

대원군은 무위영 군졸 장순길張順吉을 시켜, 사후처리를 잘 해줄 것을 약속하여, 난동 군졸을 진무케 했다.

따로 김장손, 유춘만을 불러선 비밀 지령을 내렸다. 궁중으로 들어가 왕비를 없애라는 지령이었다. 이어, 대원군은 심복 허욱許煜

등으로 하여금 군복으로 변착變着시켜 환도를 차고서 군졸들을 영솔케 했다.

허욱은 군졸들을 동별영東別營에 모이게 해선, 그곳 무기를 약탈했다.

이때, 변란이 상문上聞*에 달하자, 무위대장 이경하로 하여금 난동 군졸들을 효유**케 했다.

그러나 군졸들은 듣지 않았다. 대원군의 지령이 그들에게 침투해 있었기 때문이다.

군졸들은 포도청을 습격하여, 김, 유, 정, 강 등을 구출하고, 한편 의금부를 덮쳐선 죄수 백락관白樂寬을 석방했다.

난군의 일대는 경기감영을 습격하고, 관찰사 김보현金輔鉉을 탐색했으나 무위로 끝났다. 그들은 세를 몰아 군기고를 부숴 무기를 약탈하고, 일대는 강화부유수 민태호 등 척신의 집들을 습격했다.

드디어, 이경하 대신 이재면李載冕이 무위대장에 임명되었다. 이경하, 도봉소 당상 심순택, 민겸호 등은 모두 파직되었다.

난동 군졸들은 난민들의 합세를 얻어 일본국 공사관인 청수관을 위협했다.

공사 하나부사 요시타다[花房義質]가 서기관 곤도[近藤], 무관 미즈노[水野] 등을 독려하여, 중요 서류를 불태우고 방비에 힘썼다.

그러나 야반에 이르러 방어가 불가능하게 되자, 사가와[佐川] 등

---

* 임금에게 닿음.
** 曉論/曉喩: 깨달아 알아듣도록 타이름.

에게 공관을 불 지르게 하고, 대궐로 가서 보호를 청하려고 숭례문까지 갔으나 문이 닫힌 채 응답이 없어, 부득이 양화진으로 퇴거, 일본공관원 일동은 인천으로 향했다. 이날, 교련교관 호리모토 레이조[掘本禮造], 육군어학생, 외무성 순사 등이 살해되었다. 이것이 6월 9일에 있었던 일이다.

6월 10일.

난병, 난민들은 영돈녕부사 이최응李最應을 집으로 습격하여 살해했다. 그리고 다시 창덕궁으로 육박했다. 수문의 군사들은 중과부적으로 당해내지 못하고, 난병들이 궐내로 난입했다.

왕은 급히 중사中使를 파견하여, 대원군의 입궐을 명했다.

대원군은 무위대장 이재면, 여흥부대부인을 동반하여 입궐했다.

대원군을 따라 중희당에 들어온 난병들은 민겸호와 경기도관찰사 김보현을 당하에서 살해했다.

이어서 왕비를 찾았다.

부대부인은 왕비를 자기가 타고 온 사인교에다 피난시켰다.

군졸 정의길, 장대진, 홍천석, 허씨, 김춘영 등이 그 사인교에 덤벼들었다.

그때, 무예별감 홍재희洪在義가 이를 보고 자기의 누이동생인 홍상궁이라고 속여, 왕비를 업고 사어司禦 윤태준尹泰駿의 사제로 피했다.

그 후, 왕비는 충주에 있는 민응식의 향제鄕第***로 피신했다.

*** 자기 고향에 있는 집.

이후부터 대소의 공무는 모두 대원군 전에서 품결하라고 명했다.

호군 신창식이 난군에게 살해되었다.

대원군은 무위영을 혁파하여 이전대로 훈련도감이라고 칭하고, 그 밖에 각 영營도 복구토록 했으며, 통리기무아문을 폐하여 삼군부三軍府라고 했다.

한편, 민후閔后의 상喪을 반포했다.

"중궁은 오늘 오시 불행하게도 난군의 흉봉 중에 승하하였으나 체백體魄을 견실하였으니, 영의정 홍순목, 예조판서 이회정이 부득이 의대衣襨로써 장례를 건백하므로, 중외에 명하여 복상케 한다." 는 것이다.

이는 상제를 반포함으로써, 만일 민후가 생존하였다 하더라도 감히 다시 출현하지 못하리라는 대원군의 뜻을 받든 것이었다.

이어서 거애擧哀*의 절차가 정해졌다. 명정전정明政殿庭을 망곡처望哭處**, 환경전을 빈전으로 했다. 홍순목이 총호사, 이재면·조영하·김병시를 빈전도감 제조, 이회정·민영목·정범조를 국장도감 제조, 이승우를 고부사告訃使, 이건창李建昌을 서장관書狀官으로 임명했다. 앞서 말한 대로 왕비는 이미 피난하여 안전한 곳에 있었는데 조정에선 이를 알지 못했던 것이다.

이범수로부터 이런 사정을 들은 최천중은 박장대소했다.

---

* 발상(發喪).
** 국상을 당했을 때 백성들이 모여서 곡을 하는 곳.

"천치 같은 무리가 바보 같은 짓을 하는구려. 살아 있는 사람을 두고 망곡처가 뭐구, 빈전이 뭣이냐? 하물며 고부사, 고부서 장관이 다 뭔가?"

하고, 충직한 이건창이 헛제사를 지내는 데 취할 경건한 태도를 상상하고 그는 잠시 웃음을 멎지 못했다.

불과 2, 3일 동안에 천지가 바뀌었다. 의정부에선 대원군을 존봉*** 할 절차를 발표했다.

민 왕비에 추종한 벼슬아치는 추풍에 낙엽처럼 되고, 대원군의 심복들이 벼슬을 차지했다. 민 왕비의 미움을 받아 옥중에 있는 사람, 유배된 사람들이 속속 풀려나왔는데, 그 수가 팔백팔십칠 명이라고 했다.

이런 얘기를 듣고, 최천중과 조동호는 어이가 없어 웃었다.

"시아버지, 며느리 사이의 싸움이 얼마나 심했는가를 알 수 있지 않은가? 며느리가 처넣은 팔백팔십칠 명을 시아버지가 몽땅 풀어주는 판이니…."

조동호의 말이다.

"난 때문에 죽은 놈들의 수를 대충 헤아려봤소."

하고, 최천중은 구백칠십 명을 들었다.

"구백칠십여 명이나 죽었단 말요?"

조동호가 눈을 동그랗게 떴다.

"피아간에 말요. 이번 변란에서 죽은 사람까지…."

*** 尊奉: 높이 받들어 모심.

그리고 이범수를 통해 왕비가 살아 있다는 사실을 알고 있는 최천중은 이번의 변란으로서 대원군은 막가는 길을 걸은 셈이라면서,

"그건 그렇고, 하루살이가 파리떼를 조롱한다고, 대원군에게 붙어 벼슬자리에 앉아 으쓱하고 있는 놈들의 꼴이 우습기만 하다."

고 빈정댔다.

"아닌 게 아니라, 왕비의 보복이 기가 막힐 거로구먼. 그래서 이놈 저놈 다 죽을 테니까, 우리는 술이나 마시며 구경만 하면 될 테지."

아니나 다를까, 대궐에서 왕비의 상례를 치른다고 법석을 떨고 있을 때, 왕비의 밀사는 체전식으로 밀지를 청국에 전달하고 있었다.

"그러나저러나, 대원군은 인간적으로도 망신할 것이 분명해. 죽지도 않은 왕비를 죽었다고 해서 서둘러 장례를 치르게 한 그 꼴이 뭐냐 말이오. 시체를 살펴보기도 전에 말이오."

하고, 조동호는 이 사건을 계기로 나라의 정세가 급전할지 모른다는 걱정도 했다.

그 조동호의 걱정은 적중했다.

일본은 금번의 난에 희생된 일본인들에 대한 보상을 내걸고 엄청난 요구를 할 태도를 보였다. 그달 27일, 일본은 외무서기관 곤도[近藤] 등을 군함 금강호에 태워 보냈는데, 그는 영의정 앞으로 된 하나부사[花房] 공사의 서찰을 휴대하고 있었다.

그 서찰엔,

"…금번의 군란에 관해 문정問情*할 것이 있어 호위병을 인솔하고 조선으로 갈 것이니, 그 숙소와 경비를 마련해주도록 요청한다."

는 내용이 적혀 있었다.

이와 같은 일본의 동향은 청국을 자극했다. 자칫 잘못하다간 조선이 일본에게 먹힐 염려가 있었던 것이다.

음청사陰晴史에 의하면, 6월 하순의 항에 다음과 같은 기록이 보인다.

> 청후선도淸候選道 마건충馬建忠, 통령북양수사統領北洋水師 기명 제독記名提督 정여창丁汝昌이 군함 위용, 초용 양위를 거느리고 인천부 월미도에 도착하다. 처음 일본국은 하나부사 공사의 소보에 의하여 이번 변란을 일본국에 주재하는 각국의 공사들에게 통보하였는데, 그때 청 특명공사 여서창黎庶昌이 본국에 일본국의 출병사出兵事를 알린 것이다.

주일 청국공사 여서창은, 일본이 출병한다는 사실을 알리는 동시에, 빨리 병선을 파견하여 조선의 내란을 진압해야 한다는 의견을 구신**했다.

공교롭게도 그때 천진에 재류 중이던 영선사領選使 김윤식金允植, 문의관問議官 어윤중魚允中이 직례천진해관도直隷天津海關道

---

* 사정을 물음.
** 具申: 상관에게 자세히 보고함.

주복周馥을 찾아가 본국의 정정을 말하고, 속히 군함 몇 척과 육군 일천 명을 파견하여 부호조정扶護調停*해줄 것을 청했던 것이다.

이때 직례총독 겸 양광총독인 장수성張樹聲은, 일본이 조선을 전제專制코자 도모하고 있고, 조선의 대신 가운데도 일본인에게 붙은 자가 적지 아니하니, 이제 내란을 빙자하여 일본인이 갑자기 와서 문책하면, 그 부일배附日輩들이 이 기회를 이용하려 할 것인 즉, 이와 같은 사태를 방지해야 한다고 역설하였다.

청국의 총리아문은 이와 같은 상주를 받아들여 마건충, 정여창에게 명하여 미리 가라고 하고, 시기를 보아가며 적의** 처리하라는 명령을 내렸다. 문의관 어윤중은 그들의 군함을 타고 귀국했다.

이와 때를 같이하여, 일본의 하나부사 공사는 육군 소장 다카시마[高島], 해군 소장 니레[仁禮] 등을 사령관으로 한 육·해군을 거느리고 인천에 도착했다. 이때의 일본 함선은 곤고[金剛], 히에이[比叡], 세이키[淸輝], 닛신[日新] 등 군함과 메이지마루[明治丸], 와카노우라마루[和歌浦丸] 등 운송선이었다.

이런 풍문이 전해지자, 한성의 인심은 흉흉해졌다.

― 일본과 청국이 여기서 전쟁을 벌이면 어떻게 하나!

― 시아비, 며느리의 싸움으로 나라 망치겠다!

― 아아, 나라는 그만이다!

하는 탄식 소리가 들리기도 했다.

---

* 보호하고 조정함.
** 適宜: 알맞고 마땅함.

184

"최공, 대원군과 왕비의 싸움 구경하려다가 나라 망하는 구경을 하게 됐소."

한 것은 조동호,

"조정은 망하겠지만, 어찌 나라까지 망하겠소."

한 것은 최천중이었다.

"지금 조정을 대신할 만한 세력이 없으니, 놈들이 갈라먹기 식으로 나라를 처리한들 나서서 반대할 사람이 있겠소?"

조동호의 말이 이렇게 심각하게 되자, 최천중은 이건창의 말을 상기했다.

이건창은, 여하간 조정을 부지하는 길이 나라를 유지하는 길이라고 했던 것이다.

7월 3일, 일본의 하나부사가 호위병을 인솔하고 입경하여 남부이현南部泥峴에 자리를 잡았다고 들었을 때, 조동호는 눈물을 흘리며 탄식했다.

"관찰사 홍우창이 양화진에 머물러달라고 했는데 일본 놈이 듣지 않았다는 거요. 그 서슬이 보통이 아니었다고 하는데, 나의 느낌으로선 이 일이 결코 순탄하게 끝나진 않을 것 같소. 우리가 이번 변란에 뛰어들지 않은 건 천만다행이오만, 우리의 거사는 앞으로 영영 불가능할 것 같애."

"조공, 무슨 소릴 그렇게 하오? 국난에 충신이 나는 법이고, 난세에 영웅이 나는 법이오. 우리는 끝까지 뜻을 굽히지 맙시다."

이때, 최천중은 사욕이 아닌 일종의 애국심이 가슴의 바닥에 괴는 것을 느꼈다.

왕권을 문제로 할 것이 아니라, 구국을 해야겠다는….

조동호와 최천중이 왕권이 문제가 아니라 구국이 문제라는 자각을 가진 것은, 날을 좇아 전개되는 정세가 너무 처참하고 모욕적이었기 때문이다.

7월 7일, 중희당에서 일본공사 하나부사는

"6월 9일의 변란은 실로 고금에 없는 일이며, 분아축사焚衙逐使* 는 일본국에 너무나 심한 치욕을 준 것이라."

며,

"사리는 마땅히 군사를 일으켜서 그 책임을 물을 것이나, 화국和局**을 파괴하여 돌이킬 수 없게 될 것을 두려워하기 때문에, 다시 돌아와 귀 조정과 협의하는 것이라."

고 서슬이 퍼렇게 덤벼들었다. 그러고는 요구서를 내밀고, 그 회답을 3일 이내에 하라고 강청했다. 대원군은 연현각延賢閣에서 하나부사 공사를 인견했다.

그 요구서의 내용은,

1. 지금부터 20일 내에 흉도의 거괴 및 그 당여를 포착하여 엄벌할 것.

2. 살해된 자를 우례후장優禮厚葬하여서 기종其終을 후하게 할 것.

---

* 관에 불지르고 사신을 쫓아냄.
** 평화로운 국면.

3. 5만 원을 지불하여, 피살자의 유족과 아울러 부상자에게 급여할 것.

4. 무릇 흉도의 행동으로 말미암아 일본국이 입은 손해 및 준비 출병準備出兵 등의 일체의 수요를 그 액수에 따라 배상할 것.

5. 원산, 부산, 인천 등 각 항의 이정을 넓혀 사방 백 리로 하고, 양화진을 개시장開市場으로 하여 함흥과 대구의 왕래 통상을 허락할 것.

6. 일본의 공사, 영사 및 그 수원 권속 등은 내지內地의 각처를 유력하게 임의로 할 것.

7. 이제부터 5년간은 일본 육군병 일개 대대를 두어서 일본공사관을 호위케 할 것.

이것은 분명히 굴욕적인 요구였지만 울며 겨자를 먹지 않을 수 없는 형편이었는데, 청국 측의 동태가 또한 해괴했다.

일단 귀국한 오장경吳長慶이, 정여창과 함께 군함 위원호威遠號를 타고 인천에 도착한 것이 바로 이날이었다. 그 군함엔 영선사 김윤식이 타고 있었다.

8일, 영선사 김윤식, 문의관 어윤중으로부터 청군이 내도한 까닭을 보고받은 대원군은, 일본국 공사가 제시한 요구 조건을 청국도원淸國道員 마건충馬建忠에게 녹송錄送***하여, 속히 입경하여 조정해줄 것을 청했다. 이것은 대원군이 스스로 묘혈을 판 것이나 다를 바 없었다.

청군은 대원군의 무력無力을 알았다.

*** 기록하여 송부함.

승정원일기엔 다음과 같은 기록이 보인다.

12일, 청 제독 오장경이 통령 정여창, 경군慶軍 및 수사습류군水師
習流軍을 인솔하여 입성하고, 장경은 성외에 주둔하다. 훈련대장 이
재면에게 병 6백을 거느리고 과천현果川縣에서 이를 영접하게 하
고, 또 홍우창, 조병호를 영접관으로 차하하여 위문케 했다….
13일, 청 제독 오장경, 정여창, 도원 마건충 등이 운현궁으로 대원군
을 왕배하다. 이어, 대원군은 당일 청영淸營으로 오장경 등을 탐방
하다. 이 자리에서 마건충은 대원군을 장내에 머물게 하여 이번 정
변의 사유를 힐책하고, 천진에 가서 조정의 처치를 기다려야 한다
며 강제로 정丁 제독과 함께 대원군을 승여에 태웠다.

그렇게 해서 대원군은 납치되었다.

권좌를 도로 찾은 30여 일 후의 일이었다. 비非가 대원군에게 있
다고 하더라도, 일국의 국태공을 타국의 군사가 납치해간다는 것
은 언어도단한 일이다. 불문곡직하고 결정적인 수모가 아닐 수 없
었다.

공식적으로는,

— 처음 마건충이 우리나라와 일본국 간을 조정하려고 인천에
가서 하나부사 요시타다와 회견, 상의한 바 있었는데, 그 자리에서
금번 정변의 원인이 대원군에게 있기 때문에 그를 쫓아내지 않으
면 일본국과의 강화가 이루어지지 않을 것을 깨닫고, 접견 대관 조
영하와 의논한 끝에 드디어 대원군을 납치하기로 작정했다.

는 것이고, 항간에선

— 민 왕비가 청국과 모종의 밀약을 하고 대원군의 납치를 부탁
한 것이리라.

는 풍문이 돌았다.

아무튼, 조선의 체면은 땅에 떨어진 것으로 되었다.

더욱 슬픈 것은 대원군을 믿고 난동을 벌인 군졸들이었다. 치솟
은 사기는 온데간데없고, 적으로 몰린 그들의 신세는 가련했다.

16일, 청 제독 오장경은 도원 마건충과 상의하곤 제군을 독려하
여 왕십리, 이태원 양촌을 습격하여 난군들을 체포해선 정완린鄭
完鄰 등 11명을 참수했다.

이때 화를 모면한 자도 그 후 추적을 받아 몰살을 당했다. 김춘
영, 유복만, 정의길, 강명준, 김장손, 유춘만 등이 모두 한 많은 최후
를 당했다.

17일, 드디어 전권대신 이유원李裕元, 부관 김홍집金弘集이 일본
공사 하나부사와 제물포의 가관假館*에서 전후 6조, 부칙 2조로
된 조약을 맺어 일본이 제시한 요구를 받아들였다. 이른바 이것이
치욕적인 '제물포조약'이란 것이다.

이런 사태의 추이를 주목하고 있던 최천중은 어느 날, 김권, 연치
성, 박종태 등을 불렀다. 김권에겐 군의 동향을 물었다. 김권의 답
은 이랬다.

---

* 임시 관청.

"이번의 군란으로, 군은 대원군에게서도 조정에서도 마음을 돌렸습니다. 앞으론 조정의 명령에 진심으로 추종할 군졸이 한 사람도 없을 것이옵니다."

이 말을 듣고 연치성은

"지금부터 군졸 하나하나를 심복으로 만들어나가면, 후일에 기할 바가 있지 않겠느냐?"

는 의견을 냈다.

"청나라의 군과 일본의 군이 자기들 땅처럼 설쳐대는 이 마당에, 그 약졸들을 심복으로 해서 뭣에 쓰겠는가?"

하고 최천중이 한탄했다.

이때, 박종태의 말이 있었다.

"조정이나 군을 상대로 하여 거사를 꾸며보았자 화만 당하지, 별로 성과가 없을 것 같습니다."

"그럼, 어떻게 하겠다는 건가?"

김권이 물었다.

박종태의 대답은 다음과 같았다.

"백성들의 뜻을 하나로 모으는 방도를 강구해야 할 것 같습니다. 나라가 나아갈 바, 백성들이 원하는 바를 가르쳐 마음으로 뭉쳐 이 나라의 활로를 찾게 하는 방법 외엔 달리 도리가 없습니다. 비록 그 길이 멀어 십 년이 걸리고 백 년이 걸린다고 해도, 그 정도를 걸어갈 수밖에 없는 일이 아니오이까?"

최천중이 침울한 표정으로 고개를 끄덕였다.

"나라가 나아갈 바를 밝히고, 민심이 의지할 바를 가르친다."

최천중은 조용히 이렇게 중얼거렸다.

자기도 언제나 생각해온 바를 박종태가 용하게도 표현한 것이다.

그러나 그 일이 그렇게 쉽게 이루어질 수 있겠는가. 언젠가 황봉련도 그런 뜻의 말을 한 적이 있었다. 그래서 동학에 관심을 두어보기도 했던 것이다.

그러나 동학은 여전히 금기로 되어 있어, 은밀히가 아니면 이를 익힐 수가 없었다.

최천중이 일동을 돌아보고 외쳤다.

"자칫하면 우리는 부질없는 일로 세월을 허송할 뻔했구나. 지금부턴 각자 마음을 가다듬고 견문을 넓히고 학식을 익히는 한편, 모두 한결같이 식산殖産에 힘쓰자. 견문의 힘과 재물의 힘만 가꾸어놓으면, 언젠가 구름을 탈 수 있는 날이 오지 않겠는가?"

그리고 연치성에겐 다음과 같이 일렀다.

"연공, 무술과 병기兵技도 옛날 것 갖고는 쓸 데가 없는 것 같지 않은가? 앞으로는 총포를 쏘는 기술을 익히고, 폭약과 총기를 만드는 노력이 필요하지 않을까?"

"그렇지 않아도, 저는 요즈음 일야* 총포술에 관한 연마를 게을리하지 않고 있습니다. 폭약도 썩 좋은 것을 만들 줄 압니다."

하는 연치성의 대답이었다.

아닌 게 아니라, 연치성은 청군 가운데 옛날의 친구를 발견하고, 그를 통해서 조포술에 관한 지식과 폭약 만드는 법을 배우고, 그

---

*　日夜: 밤낮.

재료를 구입하고 있었다.

김권을 보고 최천중이 말했다.

"이미 얻은 심복 이외엔 심복을 더 만들 생각은 말게. 그 대신, 이미 심복이 된 사람들은 더욱 후하게 대접해서, 그 의가 보다 굳어지도록 마음을 쓰게."

"그때에 제가 할 일은 무엇이겠습니까?"

하고 김권이 물었다.

"김공이 할 일은, 장차 우리가 거사를 일으켰을 때의 군략軍略과 전술을 연구하는 것이네. 십 년 안팎으론 무슨 일이 있을 것만 같네. 많은 부하가 있으니, 그럴 요량으로 훈련을 시키도록 하게."

최천중은 이렇게 말하고, 박종태에겐

"박공은 동학을 파고들게. 이미 동학에 끼여 있는 동지들이 적잖으니, 자네가 그 동지들을 통솔하는 입장이 되었으면 하네."

하고,

"나라를 잃고서야 사리와 사욕이 무슨 보람이 있겠는가? 그러니 각기의 생각은 말고, 나라를 잃지 않게 하는 데 힘을 모으자."

고 한탄을 섞어 말했다.

"조정에 도둑놈들과 등신만 모아놓고, 나라를 지탱할 수 있겠습니까? 언젠가 말씀하셨지 않습니까? 망국이 건국의 기초가 될 것이라구요."

김권의 말이었다.

"저번에도 말했지만 생각이 달라졌어. 그땐 조정만 망하면 새로운 나라를 세울 수 있을 것이라고 생각했는데, 시국이 변했어. 13개

월 동안이나 방료를 받지 못한 병사들이 야료를 부렸다고 일본과
청국이 덤벼드는 것을 보니, 아찔한 느낌이 들어. 뿐만 아니라, 국태
공이 잘못이 있었다고 치고, 청국으로까지 납치할 것은 또 뭔가 말
이다. 나는 그런 꼴은 참으로 보기가 싫구나. 정말 그런 꼴은 보기
가 싫어."

최천중이 흥분된 말로 매듭을 짓고 일어섰다.

"선생님, 어디로 가시렵니까?"

연치성이 물었다.

"무학재 밑에 문상을 해야 할 곳이 있네."

하자, 연치성이 동행을 청했다.

"그렇게 하세."

하고, 최천중은 연치성을 데리고 서대문 가까이로 갔다.

이때, 모화관慕華館 근처에 사람이 모여 있는 것을 보았다.

"저게 뭔가?"

"제가 가보고 오겠습니다."

연치성이 달려갔다 오더니 아뢨다.

"일본군 공사관에 침입한 죄인이라고 해서 지금 참수형을 집행
하고 있는 중이랍니다."

최천중이 뭔가를 생각하듯 상을 찌푸리고 서 있더니,

"그곳으로 가보자."

며 앞장서서 걸었다.

최천중과 연치성이 그곳으로 갔을 때는 벌써 참수형이 끝나, 피
가 줄줄 흐르고 있는 머리를 나무토막 끝에 매달고 있었다. 효수를

할 모양인가 보았다.

구경꾼들은 잔서殘暑*의 뙤약볕을 쬐어, 얼굴마다 땀을 질펀히 한 채, 말없이 형리들이 하는 짓을 지켜보고 있었다. 그들의 눈빛은 허망하고, 모두 바보의 얼굴을 닮아 있었다.

최천중도 흐르는 땀을 닦으려고 하지 않고, 눈을 꼬나 형장을 지켜보았다.

이윽고 푯말이 효수된 수급 아래에 세워졌다.

푯말엔 아직 마르지 않은 임리**한 묵흔으로 다음과 같이 씌어져 있었다.

하나엔,

'일본국공사관日本國公使館 작나죄인作拏罪人 손순길孫順吉.'

또 하나엔,

'일본국공사관 작나죄인 공치원孔致元.'

다른 하나엔,

'일본국공사관 작나죄인 최봉규崔奉奎.'

라고 씌어 있었다.

이상한 복장의 사나이 둘이 효수된 머리와 푯말을 검사나 하듯 쳐다보곤, 치켜뜬 눈으로 구경꾼들을 흘겨보고, 단구短軀엔 어울리지 않는 점잔을 빼는 걸음으로 퇴장하더니 저만큼 세워놓았던 마차를 탔다.

---

* 늦여름의 한풀 꺾인 더위.
** 淋漓: 글씨에 힘이 들어감.

형을 확인하러 나온 일본인임에 틀림이 없었다.

뒤에 안 일이지만, 일본인 가운데 하나는 일본군 외무 이등경부
二等警部 오카 효오이치[岡兵一]였고, 또 하나는 역시 일본 외무성
의 칠등속七等屬 아사카와 겐조[淺川顯藏]였다.

최천중은 군중들을 향해

'너희들은 이런 꼴을 보고 분하지도 않으냐?'

고 외치고 싶은 충동을 느꼈다.

그의 눈으로부터 하염없이 눈물이 흘렀다. 그것은 죽은 자들에
대한 동정 때문이라고 하기보다, 이 슬픈 민족에 끼여 있는 스스로
가 슬펐기 때문이다.

나라가 잘하고 있었다면, 무슨 까닭으로 일본공사관을 습격했겠
는가? 나라가 튼튼하면, 어찌하여 이런 수모를 받기라도 했겠는가?

"문자 그대로 작나죄인이라면 단순히 연좌되었다는 죄인데, 어찌
참형까지 하고 효수까지 해야 하는고."

최천중은 부르르 가슴을 떨었다.

무악재의 오르막이 시작되는 지점에 주막이 있었다. 최천중은 갈
증을 느껴오던 터라,

"저기 가서 목이나 축이자."

고 연치성을 돌아보곤, 주막 안으로 들어갔다. 해가 질 무렵이라 주
막집 뜰엔 그늘이 지고 있었다. 뜰 한구석에 놓인 평상에 앉아 술
을 청했다.

늙은 주모가 두부를 안주로 하고 술병을 곁들인 술상을 갖다놓

았다.

연치성이 병을 들어 술을 따랐다.

샘에다 채워놓았던 모양으로 술은 시원하고 맛도 있었다.

한 사발 쭈욱 들이켜고 최천중이 감탄을 했다.

"술맛 좋군. 이렇게 맛 좋은 술이 이런 곳에 있었나?"

최천중은 남촌南村의 술만을 술로 알았던 것이다.

"연공도 한 잔."

하고, 최천중이 연치성의 잔에 술을 따라주곤 주모를 불렀다.

"이 술, 댁에서 빚은 술이유?"

그렇다는 대답이 있었다.

최천중이 극구 술맛을 칭찬했다.

그러자 윗마루에서 술을 마시고 있던 사람이,

"선비께선 이곳 술이 처음이우?"

하고 묻곤 지껄였다.

"이곳을 영천靈泉이라고 합니다요. 물이 좋기로 그만이지. 목멱산
의 물보다도 낫죠. 술맛이 있을 수밖에요."

"흠, 내력이 있는 술이로군."

최천중이 두 잔째를 마시고 얼굴을 들었을 때, 형장 구경을 하고
돌아가는 듯한 사람들이 주막을 기웃거리기만 하고 그냥 지나치는
것이 눈에 띄었다.

'저 사람들도 목이 마르겠지. 술 생각이 있겠지. 그런데도 한 잔
술을 마실 돈이 없다는 얘기가 아닌가.'

는 생각이 들었다.

최천중이 연치성더러 일렀다.

"바깥으로 나가, 술 생각이 있는 사람들은 모두 이리로 들라고 하게. 내가 한턱 살 테니까."

연치성이 바깥으로 나가 사람들을 불렀다.

이윽고 사람들이 꾸역꾸역 들어와 주막의 마루에 뜰에 가득 채웠다.

"주모, 저분들에게 약주를 드리시오. 원하는 대로 드리시오. 설마 술이 모자라진 않겠죠?"

주모가 의아한 눈초리로 최천중을 건너다봤다. 실컷 푸짐히 인심을 써놓고 줄행랑을 놓을 사람이 아닐까 하는 걱정은 당연했다. 그무렵 그런 건달이 흔했으니까.

최천중은 허리에 두르고 있던 전대를 풀어 주모 앞으로 던졌다.

"새로 만든 주전으로 백 냥 돈은 넘겨 될 걸세. 걱정 말구 손님들께 술이나 드리슈."

주모의 얼굴에 생기가 돌았다.

얼른 부엌 쪽으로 들어가더니, 중남을 시켜 술 항아리를 밖으로 내왔다.

"하나하나 뜨기가 귀찮으니께, 모두들 떠서 잡수세요."

하고, 사발을 수두룩 마루 위에 갖다놓곤, 누군가를 보고 소리쳤다.

"빨리 권 서방 집에 가서 술을 가지고 와. 있는 대로 달라더라구."

안주론 두부가 나오고, 메밀묵도 나왔다. 순식간에 주막에서 거창한 잔치가 벌어졌다. 그리고 입마다 고맙다는 인사가 있었다.

최천중은 흐뭇한 기분으로 그 광경을 지켜보고 있다가, 가까이에 있는 사람에게 물었다.

"당신은 뭣 하는 사람이우?"

"날품팔이 해유."

중년의 그 사나이는, 덥수룩한 수염에 묻은 술 방울을 손바닥으로 훔치며 최천중을 훔쳐봤다.

"품팔이 들 덴 흔하우?"

"어, 어렵죠. 품팔이 해본 적도 오래 됐시유. 통혀 없이유, 요즈음도."

"그럼 뭘 먹고 사누?"

"부자 밥 먹듯이 우린 굶고 살지라우."

"굶고 어떻게 사누?"

"명은 모질기도 하니까유."

"집은 어디에 있수?"

"재 너머에 있어유."

"한데, 오늘은 어디에 갔다 오는 길이우?"

"이곳저곳 쏘다니다가 일은 없고 해서, 휘갱이 사람 죽이는 구경을 했어유."

"모화관에 갔었구면."

"그래유."

"목을 치는 걸 보니 기분이 어떻습데까?"

최천중이 이렇게 묻자, 사나이는 움찔했다. 그러곤 고개를 돌려버렸다. 아까부터 최천중과 사나이의 응수를 들으려고 가까이에 모였던 사람들도 비실비실 그 자리를 비켜나갔다. 관속이나 양반에게

198

잘못 걸려들면, 화를 입게 마련인 것이다. 그러니 그런 질문을 받았을 때의 서민들의 본능적인 반사작용이었다.

"나는 당신들과 똑같은 사람이오. 어쩌다 돈푼이나 있어서 이런 도포 나부랭이를 입고 있지만, 따지고 보면 당신들과 똑같소. 그러니 내겐 무슨 소릴 해도 괜찮소. 목을 치고 치이는 걸 보니 마음이 어떻습데까? 똑바로 말해보시우."

빈속에 연거푸 몇 사발 술을 마신 탓으로, 최천중은 약간 취해 있었다.

그 사나이는 물론, 군중 속에서도 대답하는 사람이 없었다. 이곳 저곳 쑥덕거리는 소리만 있었다.

"개구리의 목을 쳐도 애련한 기분이 드는데, 사람의 목이 치였는데도 생각이 없단 말요?"

하고, 최천중이 버럭 고함을 질렀다.

주위가 잠잠해져버렸다.

최천중이 보다 큰 소리로 외쳐댔다.

"그 자리에 있던 일본 놈 보았죠? 그놈, 밉게 생기지 않았던가요? 하는 짓도 밉지 않던가? 그 일본 놈 비위 맞추려고 그렇게 무작*하게 백성의 목을 쳐도 되는 건가?"

최천중이 이런 무엄한 소리를 하게도 된 것은, 연치성이 옆에 있기 때문이었는지도 모른다. 연치성이 옆에 있으면 포졸들 20~30명 쯤은 문제도 없을 것이다. 최천중이 취한 눈으로 연치성을 보고 물

---

* 무지하고 우악함.

었다.

"연공, 오늘 나, 고함을 질러대도 되겠지?"

"예, 선생님. 마음대로 하소서. 분이 풀리실 때까지 하소서."

연치성이 나직이 말하고, 원경遠景을 합쳐 주위를 경계하는 태세를 취했다.

최천중이 다시 고함을 질렀다.

"왜 당신들은 입을 봉하고 있소? 싫어도 싫단 말 없고, 때려도 반항하지 않으니 자꾸만 파리 목숨처럼 되는 게 아닌가? 이러다간 나라가 망해요, 망해!"

그러자 저 뒤쪽에서 중얼거리는 소리가 있었다.

"벌써 나라는 망했는데, 또 망할 나라가 있기는 하던가?"

"나라는 이미 망했는데, 또 망할 나라가 있느냐구? 그 말 잘 했어."

하고 최천중은, 이제 그 말 한 사람, 이리로 나와보라고 외쳤다.

주변이 잠잠해져버렸다. 움직이는 사람이 없었다.

"아마 나를 믿지 못하는가 본데, 그렇다면 굳이 나오라곤 않겠소. 그러나 섭섭하오. 우리, 좋은 친구가 될 수 있을지도 모르는데…."

그리고 다시 최천중은 술을 권했다.

"모두들 잔을 드시우. 이 집에 술이 떨어질 때까지, 아니, 이 집에서 술이 떨어지면 술을 또 가지고 오라고 할 테니까, 모두들 술을 들어요."

이러고 있을 때, 성큼 최천중의 옆에 서는 사람이 있었다. 봉두난발이었으나 눈동자가 맑았다.

최천중은

"나라는 이미 망했다고 한 사람이구려."

하고, 그 어깨를 안아 평상 위에 앉혔다. 주변이 어둑어둑 저물어갔다.

"선생님, 그 사람 데리고 떠납시다."

연치성이 조용히 말했다.

"당신 나와 같이 가려우?"

최천중이 사나이에게 물었다.

사나이는 고개를 끄덕였다.

"그럼, 내 이 사람 데리고 삼개로 갈 테니까, 술값 셈이나 하구려."

"이미 백 냥 돈을 줘놨는데, 셈할 것까지 있겠습니까."

하는 연치성의 말에,

"그것도 그렇다."

며 최천중은 일어섰다.

"여러분, 나는 가야겠소! 그러나 오늘 모화관에서 죽은 사람들의 원통한 마음은 잊지 맙시다. 우리가 왜 그렇게 죽어야 하는지, 그 까닭이나 잊지 말도록 합시다. 그 까닭이란 뭐냐? 아니꼽게도 더러운 나라에 태어났기 때문이오. 그러니 우리 죽는 것 겁내지 맙시다. 죽는 것을 겁내니까 자꾸만 이런 꼴을 당하는 거요. 언젠가, 어디선가 좋은 나라 만들자 하는 소리가 있거든 우리 '와!' 하고 달려듭시다. 이미 죽은 목숨 또 죽는다고 겁낼 게 뭐 있소? 안 그렇소?"

최천중이 다시

"안 그렇소?"

하고 묻자, 난데없이

"그렇소!"

하고 고함으로 뭉쳤다.

"오늘이 임오년 칠월 그믐날이오. 이곳은 무악재 밑이오. 모화관에서 장사 세 사람이 목을 치인 날, 여기서 약속한 일 잊지 맙시다."

주변은 완전히 캄캄하게 되었다.

주막을 빠져나온 최천중은 앞뒤로 연치성과 이름도 모르는 장정을 거느리고 삼개로 빠져나가는 산길을 걸었다.

산허리에서 잠깐 쉬며 최천중이 물었다.

"우리, 이름이나 알고 갑시다. 당신 이름이 뭐요?"

"길창업이라고 하오."

"고향은?"

"고향이오?"

"고향에서 뭣 하오?"

"농사를 짓소."

"농사짓는 사람으로 보이지 않는데…?"

"차차 말하리다."

"고향에 가족이 있수?"

"가족은 없소이다."

"어떻게 됐는데…?"

"모두 천당으로 갔소이다."

"그럼 당신은 천주학…?"

하다가, 최천중은 입을 다물었다.

삼개의 불빛이 보이는 아현고개에 이르러, 연치성이 최천중에게 말했다.

"길공은 오늘 밤 제가 데리고 가겠습니다."

술에 취해 있어도 최천중은 연치성의 말뜻을 알아차렸다. 술에 취한 기분으로 알게 된 길창업을, 대뜸 최팔룡의 집이나 박종태의 집으로 데리고 가는 것은 좋지 못하다는 연치성의 의중표시인 것이다.

"음, 좋아. 포천집으로 갈 텐가?"

최천중이 물었다.

"그럴까 합니다."

하는 연치성의 답이 있었다.

"그럼 나도 그리로 가지."

최천중은 왠지 길창업을 알아보고 싶어 이렇게 말했다. 포천집은, 옛날 박종태의 장모가 살던 집을, 박종태를 따라온 황두와 공순금이 이어받아, 제법 잘 꾸려나가고 있었다.

얘기가 나온 김에 창두와 강두의 소식도 알려두어야 하겠다. 창두는 그땐 싸전의 중남으로부터 시작했는데, 지금은 염천교 근처에 큼직한 싸전을 차려놓고 온양에서 장가를 든 온씨 부인과의 사이에 3남 2녀를 두고 잘 살고 있었고, 강두는 경복궁을 중수한 도목수 만재의 사위가 되어, 장안에서 이름난 목수로서 활약하고 있었다.

그렇게 치면 포천댁을 물려받은 황두의 처지가 보잘것없었지만, 내용을 따져보면 황두가 알부자였다. 그러나 이 세 사람이 모두 한결같은 것은 박종태에 대한 변함없는 충성심이었다. 박종태에 대한 충성심이 연치성, 최천중에게 통하고 있는 것은 물론이다.

연치성이 미리 포천집으로 들어가서 오늘밤 최천중의 거소로 하겠다고 하자, 황두의 감격은 이만저만이 아니었다. 내실에 잇달아 있는 다락방을 치우고 그리로 최천중을 모셨다.

다락방이라고 하면 궁색스럽게 들릴지 모르나, 그 무렵 삼개의 집에선 여름을 지내기엔 다락방이 최고였다.

평옥平屋 위에 한 칸을 올려 지어 사방에 봉창을 내었으니 시원하기 짝이 없었다. 7월 그믐이라서 새벽쯤엔 양기凉氣가 돌았지만, 아직 잔서가 있는 때라 다락방을 제공한다는 것은 최상의 대접이 되는 것이다.

푸짐한 술상이 마련되었다.

최천중은 그 술자리에 황두까지 불렀다. 첫잔을 길창업에게 권하며 최천중이 말했다.

"우리 이 모임에서 양반으로 친다면 이 사람…"

하고, 연치성을 가리켜놓곤,

"그 밖엔 양반이니 상놈이니 가릴 형편이 못 돼. 천주학이 어떻구, 동학이 어떠니 하는 것도 가릴 형편이 아니구. 나, 오늘 무악재 밑에서 들은 자네의 소리, 잊을 수가 없네. 인연이 있어 같이 지낼 수 있으면 그래서 좋고, 인연이 없어 내일 아침 헤어져도 탓할 것 없단 말일세. 나, 오늘밤 자네의 한을 한번 들어보고 싶어."

"제 아버지와 어머니 그리고 형제는 천주님을 믿은 죄로 저 절두산에서 목이 잘려 돌아가셨습니다. 저는 외가댁에 가 있었기에 이렇게 살아남았죠. 그러니 저는 명으로 사는 것이 아니고 덤으로 사는 것이올시다. 그러나 전 천주학을 믿지 않습니다. 정녕 천주님의 은총이 있는 것이라면, 왜 그 불쌍한 생명들이 그런 처참한 꼴을 당하도록 버려둡니까? 그래서 전 천주님을 믿지 않습니다."

"그럼 뭣을 믿는가?"

최천중이 물었다.

"아무것도 믿지 않습니다."

길창업의 대답이 텁텁했다.

"아무것도 믿는 것이 없이 어떻게 사는가?"

"버러지처럼 살죠."

"그 말은 너무하지 않은가?"

"너무하다뇨?"

하고, 길창업이 큰 술잔을 넙죽 받아 마시곤 하는 말이,

"지금 백성들이 어떻게 사는지 아십니까? 모두가 버러지같이 살아요. 제정신이나 어디 있는 줄 아십니까? 아까 모화관에서 죽은 사람들은 그 잘려진 머리 밑에 이름 석 자는 붙어 있습니다. 대장부 죽음이 그만하면 훌륭하죠. 백성들은 밟혀 죽습니다. 굶어 죽습니다."

"이왕 그렇게 죽을 바엔 큼직하게 한바탕 하고 죽을 일이 아닌가?"

"누구를 위해서요? 백성을 위해서 죽을 사람도, 일도 없습니다요. 아무것도 없어요. 밟혀 죽을 날을 기다릴밖에요."

"나라를 위해 일해볼 생각은 없는가?"

"나라? 무슨 나라요? 임금의 나라? 대원군의 나라? 민 왕비의 나라? 양반의 나라? 백성에게 무슨 나라가 있단 말입니까? 백성에

겐 나라가 없어요."

"그럼 청국 놈 나라, 일본 놈 나라가 돼도 좋단 말인가? 그렇게 안 되도록 해야 할 게 아닌가?"

"어, 어렵쇼. 청국 놈의 나라가 되어 갖고 그 대관대작들이 청국 놈들 앞에서 굽실거리는 것 보고 싶소이다. 일본 놈한테 덜미를 잡혀 양반 어른이 절절매는 꼴 보고 싶소이다. 백성들을 이 꼴로 만든 죄를 놈들에게나 실컷 당해 갖고 보상을 해야죠. 백성들과 상놈들은 청나라가 되어본들, 일본 놈의 나라가 되어본들, 이 이상의 고생은 안 할 겁니다. 밟혀 죽는 것 이상의 고통이 있겠수? 굶어 죽는 것 이상의 고통이 있겠수? 난리? 바라는 바요. 난리라도 났으면 해요. 고관대작 죽는 꼴을 보기 위해서라도, 난리라도 났으면 해요."

길창업이 주기를 더해가자, 말이 자꾸만 방자하게 되어갔다.

연치성이

"길 형, 너무 격하지 마슈. 어른 앞이오."

하고 타일렀으나 막무가내였다.

"아버지와 어머니의 목이 잘리는 꼴을 당해보시오. 그래도 고관대작들을 우러러봐야 할까요? 나는 무식하지만 들은 것은 있소. 천주학 하는 사람 잡아 죽이자고 했을 때, 높은 벼슬하는 놈 가운데 어느 한 사람, 그럴 것까지야 있느냐는 말 한마디 안 하더래요. 세상에 어디 이런 나라가 있겠어요? 이런 나라를 믿고 백성이 살 수 있어요? 나는 임금 앞에서 침이 마르도록 충성한 놈들이, 청국 놈이나 일본 놈을 상전으로 모시고 어떤 아첨을 하는가를 보고 싶은 겁니다. 내게 희망이 있다면 오직 그것뿐입니다…."

"알았다."

고 말하고, 최천중은 자리에서 일어섰다.

그리고

"이 사람, 잘 대접해서 보내라."

고 황두에게 일러놓고, 연치성과 더불어 포천집에서 나와,

"망국을 오늘 비로소 확인했다."

고 장탄식을 했다.

고종실록 19년 8월의 항을 보면 다음과 같은 글귀가 있다.

'팔월초일일八月初一日 갑인, 중궁전환어中宮殿還御.'

그러곤 영의정 홍순묵을 비롯한 대관들의 경축사가 이어진다.

엿새 전, 즉 7월 26일, 청나라의 제독 오장경이 그의 부하 진운룡陣雲龍, 오장순吳長純에게 명하여, 병원兵員 1백 명을 거느리고 충주목으로 가서 왕비를 시위*케 한 바 있었는데, 그 청나라 군사들의 호위를 받고 왕비가 환궁한 것이다.

때가 때라서 그러했지만, 일국의 왕비가 거동하는 데 자기 나라의 군사들을 믿지 못해 외국 군사의 호위를 받아야 했다면, 이는 너무 씁쓸하다. 이를테면 군사적으로도 나라는 망해버린 것이다.

왕비가 돌아오자 회오리가 일기 시작했다. 교教를 내려 전국에 대원군이 세워놓은 척사비를 철거하도록 했다. 외국인과 거래를 하

---

* 侍衛: 높은 사람을 모시어 호위함.

든가, 외국인과 사귀든가 하면 엄벌에 처한다는 어마어마한 내용의 비였다. 팔도사군八道四郡 가는 곳마다에 그 척사비를 세우는 데도 많은 노력勞力과 재물이 들었는데, 불과 몇 해를 지나지 않아 이번엔 그 척사비를 철거하라고 하니, 조령모개도 유만부동이라고 말할밖에 없었다.

"갖다 세우라고 할 땐 언제구."

"미친 년 오두방정 떠는 게 아냐?"

"백여우가 도로 궁 안으로 들어갔으니, 무슨 지랄이 날지 알 수가 있나, 원."

유언무언 간에, 백성들의 가슴속에 사무친 불만이었다.

아첨배들이 하는 짓은 매양 마찬가지다.

김병설金炳卨이란 자는, 예문관 제학 임응준任應準이 '국태공의 유명諭明*으로 군란을 일으킨 병정들이 퇴산한 것은 종묘생령宗廟生靈의 복福이다'라고 썼다고 해서, 망군부국忘君負國**한 놈이란 고발장을 쓰고, 이회정李會正이 왕비의 의대장衣襨葬***을 대원군의 명령대로 거행한 것은, 예조판서로선 있을 수 없는 일이라고 해서 고발했다.

그래서 임응준, 이회정은 유배의 신세가 되었는데, 또 한 사람 아첨배는 다음과 같은 상서를 올렸다.

---

* 이름.
** 군주를 잊고 나라를 저버림.
*** 생시에 입던 옷을 갖고 장례를 치름.

"군란으로 민 중궁이 피난하였던 충주에도, 인조가 이괄李适의 난을 피했던 공주에 쌍수정雙樹亭을 세웠던 예에 따라 건궁입석建宮立石하여 예경禮敬을 표해야 하옵니다."

한편, 대원군은 청국 청진으로 납치되어가선 이홍장의 명을 받은 주복周馥 등의 사문을 받았다.

"변란의 이유가 뭐냐?"

"동사****한 난당이 어떤 놈들이냐?"

하는 사문이었다.

그러나 대원군은 끝끝내 실토하지 않았다.

하는 수 없이 청 황제의 상유*****를 받들어 집법엄징執法嚴懲은 면해주게 되었으나, 보정성保定城에 그를 연금해두고 영구히 귀국하지 못하게 했다. 이런 조처가 취해진 건 어윤중, 김윤식, 조영하 그리고 오장경 등이 만일 대원군을 돌려보내면 재차 난이 있을 것이란 말을 했기 때문이라고 한다.

당시 장안에 퍼진 항설巷說******이 있었다.

"백여우는 궁중에서 깔깔대며 웃고, 노호老狐는 보정성에서 썩게 되었구나."

참으로 어수선한 임오년이었다. 그 임오년도 저물어갔다.

그런데 눈에 띄게 바뀌어진 것이 너무나 많았다. 그 가운데 한

**** 同事: 더불어 일함.
***** 上諭: 왕의 말.
****** 여러 사람의 입에서 입으로 옮겨지는 말.

가지 청병淸兵들의 방자한 행동이었다.

자기들이 없었으면 군란을 수습하지 못했을 것이고, 따라서 조정이 오늘과 같지 않을 것이며, 그렇게 되었더라면 민 왕비의 득세란 어림도 없었을 것인데, 그러한 민 왕비를 자기들의 힘으로 정치의 중심에 앉혀놓았다는 데서 온 만심慢心 때문이었을 것이다. 청병들은 일거수일투족을, 조선은 그들의 속방이란 인상을 심도록 했다. 조정의 태도가 그들의 그러한 만심을 조장했다. 사사건건 북양대신 이홍장에게 아뢰는 저자세를 취했던 것이다.

조정의 이러한 태도는 일본을 자극했다. 일본의 집권자들은, 내버려두면 조선반도가 청국의 속방으로서 굳어져버리겠다는 데 초조심을 가졌다. 야野에 있는 낭인들까지도 이 초조심엔 일치하고 있었다. 낭인들은 일본 국내에 있어서의 서러운 그들의 처지를 조선을 요리함으로써 고쳐보겠다는 야심을 품기 시작했다.

수신사 박영효朴泳孝 일행이, 새로 임명된 일본대사 다케조에[竹添]를 동반하여 귀국한 것은 11월의 말경이었는데, 다케조에는 만만찮은 군대를 거느리고 있었다.

"나라는 망할 것이다."

했던 최천중의 생각이,

"나라는 이미 망했다."

로 바뀐 것은, 길창업의 얘기를 듣고 깨달은 바이지만, 눈앞에 전개되는 사실이 일일이 그 실증實證으로 되어갔던 것이다.

최천중은 종래의 사고방식을 일신하고, 새로운 방향을 모색해야겠다고 생각하고 있는 터이지만, 좀처럼 갈피를 잡을 수가 없었다.

그는 울울한 가운데 나날을 보냈다. 친구들도 만나지 않았던 것은, 자기의 소견이 어느 정도 여물기 전엔 남의 의견을 들어보아도 소용이 없다고 믿었기 때문이다.

잠깐 동안이나마 최천중은 조정을 도울 생각이 있었다. 좋으나 궂으나 나라의 중심인데, 그것이 흔들려선 아무것도 안 된다는 이건창의 말에 얼만가의 이理가 있다고 보았기 때문에, 종래의 '조정을 없애는 게 활민活民의 시작'이란 생각을 수정하려고 들었던 것이다. 물론, 외세의 침범이 두렵기도 했다. 외국과 대항할 세력이 생기기 전에 조정이 무너지면, 나라는 완전히 외국인의 손으로 넘어가고 만다는 생각이, 일단은 조정을 도와야 한다는 마음으로 되게 한 것인데, 환궁 후의 민 왕비의 소행을 듣게 되자, 최천중은 그런 마음조차 포기하지 않을 수가 없었다. 조정을 없애고도 외국에 대항할 수 있는 세력을 어떻게 만드느냐가 최천중의 과제가 되었다.

울울한 날은 황봉련의 별당에서 지내는 것이 최천중의 버릇처럼 되어 있었는데, 그날 황봉련과 최천중의 사이에 대궐 이야기가 화제에 올랐다. 자연 불미한 소리도 나왔다. 원세개袁世凱의 얘기도 있었다. 원세개란, 군란 이후에 나라로 들어온 젊은 청장淸將이다.

"아무렴 그럴 리가…."

하면서도 최천중은 불쾌했다.

"아니 땐 굴뚝에 연기가 나겠어요?"

황봉련이 최천중의 표정을 살폈다.

"아니 땐 굴뚝에 연기가 난 일이 어디 한두 가지요? 대원군파들이 일부러 없는 일을 있는 일처럼 꾸며 유포하는 경우도 있을 것이 아니우?"

"오늘 당신의 태도는 이상하구려."

"이상할 것이 뭐 있소? 좋으나 궂으나 일국의 국모인데, 그 국모를 두고 불미한 소리가 나돈다는 것은 어쨌건 불쾌한 일이오."

"그렇다면 중전을 두고 떠도는 소리가 전부 사실이 아니란 말요?"

"직접 보지도 듣지도 못한 비중秘中 궁궐의 얘기는 대개가 뜬소문이라고 알아두슈."

"이범수가 전하는 말인데두…?"

"나도 그놈 말을 듣고 적잖이 충격을 받았소만, 곰곰 생각하니 그놈 말도 믿을 수가 없어."

그러자 황봉련이 빙그레 웃었다.

"왜 웃소?"

최천중이 물었다.

"오늘 당신의 얘기는, 꼭 누구를 질투하고 있는 것 같은 말투예요."

"그럴까?"

하고 최천중이 정색을 했다.

"뭐니 뭐니 해도 조정이 아니오? 그게 나라의 근본이 아니오? 나라의 근본에 관해 터무니없는 말이 돌아다니는 건 민심을 수습하는 데 있어서도 대단히 나쁜 일 아니겠소? 그러니 당신도 조심하시오. 그런 말이 들리거든 그렇게 못 하도록 제지하시오. 대궐이 불미하다고 떠들어대는 건 백해무익할 뿐이오."

"당신도 늙으셨구려."

하고 황봉련이 웃었다.

"늙어 불만이오?"

"마음이 늙으셨다는 얘길 뿐예요. 몸은 아직도 정정하신걸."

아니나 다를까, 최천중은 빈발에 흰 것이 섞였다 뿐이지, 체력은 삼십 세의 청년을 압도할 정도였다.

그러니 '백발이 제 먼저 알고 지름길로 오더라' 하는 탄식이 있을 뿐이다.

그런데 황봉련은 변하지 않았다.

그녀는 이미 40세를 몇 살 지났는데도, 신체의 탄력이 처녀나 다름없을 뿐만 아니라, 얼굴 또한 아무리 보아도 40세를 넘겼다고는 볼 수 없었다. 되레 그녀의 염려艶麗함은 해를 따라 더해만 가고, 그 눈빛은 더욱 밝아만 가는 것이다.

최천중은

"부디, 이범수 따위나 무당 따위의 말을 들어 휘둘리지 말도록 하시오. 대원군파와 중전파에 끼어들어 우리까지 소동을 더할 게 뭐요?"

하다가, 황봉련의 얼굴을 새삼스럽게 취한 듯한 눈으로 보았다.

그리고 벌떡 자세를 고쳐 앉으며 간절한 투로 말했다.

"당신은 참으로 아름답구려. 그리고 영구불변할 것 같구려."

하고 침을 삼켰다.

최천중은 황봉련의 손을 잡았다.

"나는 천하를 다 준다 해도 임자와 바꿀 순 없어."

그 말이 있자, 황봉련이 눈을 치켜뜨며 다소곳이 정색을 했다.

"그 말씀, 진실이에요?"

"그렇소."

"장부의 일언은…?"

"중억금重億金이지."

"그렇다면…."

하고, 황봉련은 최천중의 손을 살며시 풀고, 옷매무시를 고쳐 앉았다.

"국사를 생각하시는 것 그만둡시다."

황봉련의 말투는 단호했다.

"인생 오십이면 한평생을 사신 것이나 마찬가지요. 사람은 자기의 평생 이상으로 일을 계획하고 성취시킬 순 없는 법이오. 자기 평생에 한 치도 더할 수 없는 것이 인생인즉, 당신의 경륜을 이 자리에서 포기하시오. 오십 년 공들여 안 되는 일이 십 년을 더 보태보았자 될 일이겠소? 국사를 포기합시다."

최천중은 덤덤히 앉아 있었다.

황봉련의 말이 계속되었다.

"망국사忘國事이면 득일월성신得日月星辰하고, 봉산천초목逢山川草木할 것이외다. 망국사이면 상춘하추동賞春夏秋冬할 것이며, 문조창화어聞鳥唱花語할 것이외다. 망국사이면 욕애파정도浴愛波情濤에 요인생진미樂人生眞味할 것이외다."*

---

* '나랏일을 잊으면 일월성신을 얻고, 산천초목을 만날 것이다. 나랏일을 잊으면 춘하추동을 감상할 것이며 새 울고 꽃 말하는 소리를 들을 것이다. 나랏일을 잊으면 사랑과 정의 물결을 맞을 것이고, 인생의 참맛을 즐길 것이다.'

그래도 최천중은 말이 없었다.

황봉련이 간절하게 말을 이었다.

"당신께서 그렇게 작심만 하신다면, 이 황봉련이 진심갈력盡心竭力으로 시봉侍奉이 천추여일千秋如一하오리다."

"고맙소."

하고 최천중이 입을 열었다.

"망국사하여 득향락得享樂한들 무슨 보람이 있겠소?"

"집착국사執着國事해서 망인생亡人生하는 것보다야 낫지 않겠소이까?"

"최천중의 소의지처所依之處는 국사에 있소. 그 소의지처를 잃으면 나는 존이부재存而不在할밖에 없소."

최천중이 정중하게 말했다.

"실국사失國事에 망인생亡人生이면, 더욱 통탄할 일이 아니오이까?"

"진인사盡人事하여 대천명待天命타가, 천명이 오지 않으면 천을 원망할밖에, 나 자신을 원망하지 않아도 될 것 아니오? 나는 천을 원망할망정, 나 자신을 원망해야 할 인생은 살고 싶지 않소이다."

"그러나 당신은 지금의 정세에선 어찌할 바를 모르겠다고 하시지 않았소? 어찌할 바를 모른다면 포기하는 것이 좋지 않겠소이까?"

"그러니까 생각하고 있는 거요."

"생각을 하시려면 넉넉히 세월을 잡아야죠. 사불염심思不厭深, 생각은 깊을수록 좋고, 견불염원見不厭遠, 멀리 볼수록 좋은 것이니, 수삼 년 쉬시면서 생각하시는 게 어떠하오리까?"

이때, 마음에 떠오르는 것이 있었다.

최천중은

"그렇게 합시다. 수삼 년 쉬어봅시다."

하고 황봉련을 건너다보았다.

"좋을시고!"

황봉련의 얼굴에 화기가 돌았다.

"그럼 해동을 기다려 우리 명산 고찰을 두루 유람합시다."

하는 황봉련의 말이 들떠 있었다.

황봉련의 말에 최천중은 고개를 끄덕이면서도 수연히 말했다.

"국망國亡에 명산이 무슨 소용이겠소."

"국파산하재國破山河在*란 두자미의 시가 아니오리까."

"그렇긴 하오. 국파한 뒤 남은 산하를 보며 상심傷心이나 합시
다."

그러자

"당신은 나빠요."

하고 황봉련이 핀잔했다.

"왜요?"

최천중이 고개를 들었다.

"천하를 준대도 나와 바꾸지 않겠다고 하신 것이 바로 아까인데,
그 말씀을 하신 입에서 침도 마르지 않은 사이에 또 국사예요?"

---

* '나라는 망했으나 산하는 그대로 남아 있다.' 두보의 시.

216

"그렇군."

하고 최천중은 쓰게 웃었다.

"그러나 천하를 준대도 임자와 바꾸지 않겠다는 마음에 거짓은 없어."

"그건 저두 믿어요."

봉련의 말은 다소곳했다.

"그런데 우리가 유람을 떠나기 전에 해둬야 할 일이 한두 가지가 아뇨."

하고 최천중이 시작했다.

"첫째, 아이들의 문제요. 원석元錫과 형석亨錫은 외국으로 유학을 보내야 할 것 같애."

원석과 형석은 최천중이 정실 박숙녀와의 사이에 낳은 아들 형제였다.

"외국이라니, 어디로 보낼 작정입니까?"

"미국, 법국(프랑스), 일본, 청국, 아라사 가운데서 택할밖에 없는데, 그래서 그 일을 의논하기 위해선 어윤중 군을 만나야 하겠어."

"왜 하필 어윤중 씨를 만나야 하나요?"

"나라 안에서 가장 견문이 넓은 사람이 어윤중 군 아니오?"

"조동호 씨나 김웅서 씨는 의논 상대가 안 되나요?"

"왜 안 되겠소만, 그 두 친구의 견문이 어윤중에 미치진 못할 것이오."

그것은 사실이었다. 어윤중은 일찍이 신사유람단이라고 부르는 해외 시찰 요원의 반장으로서 일본으로 건너가, 일본의 현대화 과

정을 소상하게 보고 왔을 뿐 아니라, 청국도 몇 차례 왕래가 있어 청국의 사정에도 통하고 있었다. 그리고 그 두 나라를 통해 구미 각국의 사정도 아는 바가 많았다.

"원석과 형석은 어윤중 씨와 의논해서 그 장래를 계획한다고 치고, 왕문은 어떻게 할 것이오? 원석과 형석을 외국으로 보낼 참이면 왕문도 외국으로 보내서 견문을 넓히도록 하는 것이 어떨까요?"

"나도 그걸 생각해보지 않은 바는 아니지만…."

하고 최천중은 생각에 잠기더니 뚜벅 말했다.

"왕문을 외국으로 내보낼 순 없어. 외국에서 교사를 데려다가 가르칠까 하오."

왕문에 대한 집착은 곧 국사에 대한 집착인 것이다. 황봉련은 최천중의 그 말엔 입을 열지 않았다. 왕문을 두고 참견을 한다는 건, 자기와 최천중의 사이에 있어서 대단히 위험하다는 걸 알고 있기 때문이었다.

최천중이 어윤중을 만난 것은, 어윤중이 서북경략사西北經略使의 사명을 띤 직후의 일이다.

최천중은 자기보다 열다섯 살이나 아래인 어윤중을 존경에 가까운 기분으로 대했다. 어윤중 자신도 최천중을 일개 관상사로 보지 않고, 야野에 있는 국사國士로서 대접했다. 이건 어윤중의 교우권交友圈에 있는 사람들의 공통된 태도였다. 어윤중의 교우권에 있는 사람이란 김홍집, 박정양朴定陽, 김옥균, 홍영식洪英植 등을 말한다.

이들은 모두 박규수의 사상적 영향하에 있는 청년들로서 일찍이 개화사상을 갖게 되었는데, 최천중에 대한 극진한 태도도 박규수의 영향이었다. 박규수는 자신의 재세 시, 최천중을 그들 청년들에게 소개하길,

"산야와 시정에 있으면서도 국본國本과 민생의 길을 잊지 않고 경로지인敬老知人하는 정이 돈독하며, 감의기感意氣하면 협기俠氣로써 조인助人할 수 있는 인물이다."

라고 했다.

하기야 최천중은 그 젊은 청년들의 호감을 살 만도 했다. 그들의 말을 정중히 들어줄 뿐 아니라, 뜻밖의 출비出費가 있을 땐 서슴없이 돈을 마련해주기도 했던 것이다.

"일본으로, 청국으로 도시는 동안 건강을 해친 일은 없소?"

최천중이 이렇게 시작하여, 다음과 같이 이었다.

"신외무물身外無物*이라고 하면 진부한 인사가 되겠지만, 어공은 자신의 건강에 특히 유의해야 할 것 같소. 이 소연한 말세적인 국정에서 공과 같은 인재가 건존하고 있다는 것만으로 백성들의 희망이 되는 것이오. 내가 한 가닥이나마 이 나라에 희망을 걸고 있는 것은 공과 같은 인물이 있기 때문이오."

"황공한 말씀을…."

하고, 어윤중은 최천중의 근황을 물었다.

---

* 몸 외에 다른 것이 없다. 즉 다른 어떤 것보다도 몸이 가장 귀하다.

최천중이 되물었다.

"나야 뭐, 세월을 허송하고 있는 처지지만, 어공의 안목으론 어떻소? 이 나라에 장래가 있을 것 같소?"

"막연하오이다."

하고, 어윤중은 한숨을 쉬었다.

"어공이 한숨을 쉬니, 땅이 꺼져드는 것만 같소."

"이대로는 나라가 안 되겠소이다. 내 불원 서북경략사로서 청국의 동변병비도東邊兵備道를 만나러 갈 참입니다만, 지난번 청국과 맺은 조·청수륙무역장정朝淸水陸貿易章程을 감안할 때, 가슴이 무겁소이다. 외국과 통상하고 수호하지 않을 수 없는 사정이지만, 맺는 조약마다 수모일 수밖에 없으니, 이 어찌 통탄할 일이 아닙니까? 그런데도 조정에선 정사를 고칠 생각을 안 하고, 구태의연한 일을 탐하고만 있으니, 이게 될 일이오이까? 그러나 한탄만 하고 있을 수가 없어 진심갈력하고 있습니다만, 실로 전도는 암연한 바 있사오이다."

어윤중의 나직하면서도 또박또박한 말을 들으며, 최천중은

'어찌 이와 같은 인재가 그 포부를 펴도록 되지 못할까?'

해서 안타까웠다.

어윤중 같은 인물이 있기 때문에 나라에 일루*의 희망을 가진다는 마음은 최천중의 과장된 감정이 아니었다. 그것은 진실이었다.

사실 어윤중의 인물됨과 경략과 포부와 강직한 의지는, 그를 아

---

* 一縷: 한 올의 실.

는 사람으로 하여금 지극한 관심과 기대를 갖게끔 했다. 매사를 날카롭게 보고 사람을 칭찬하기에 인색한 김웅서조차도 해동유일사海東有一士가 있다며 '기명어윤중야其名魚允中也'라고 찬탄을 마지 않았다.

어윤중은 곤궁한 가정에서 자라면서 주경야독하여, 약관 20세 때 전시殿試에 장원급제했다.

이듬해엔 문과에 급제, 그해 12월 승정원의 하급관으로 조문하게 되었다. 그 무렵의 동료 가운데 이건창, 강문형姜文馨이 있었다.

어윤중은 도도히 밀려드는 외세의 압력을 피부로 느끼며, 나라의 활로는 오로지 부국강병의 길밖에 없다고 다짐하고, 모든 노력을 이 목표를 위해 집중하기로 마음먹었다. 이 신념은 1876년에 일본과 불평등조약을 맺지 않으면 안 될 상황에 몰렸을 때 더욱 굳어졌다.

어윤중은 30세 때 전라우도 암행어사가 되었는데, 9개월 동안 민정民情과 지방행정을 살펴본 결과, 통절히 나라의 위기를 느꼈다. 농민의 참상을 그대로 두곤 국기國基마저 어지럽게 될 것이라고 생각하고, 국정의 혁기적인 개혁이 시급하다고 느껴, 다음과 같은 개혁안을 조정에 제출했다.

1. 잡세雜稅를 없애야 한다. (당시 수십 종의 명목을 붙여, 관이 백성을 착취하는 수단으로 삼고 있었다.)
2. 지세제도地稅制度를 개혁하라. (당시엔 과세의 기준이 없어 수령들

이 임의로 과세하는 폐단이 적지 않았다.)

3. 궁방전宮房田, 아문둔전衙門屯田 제도를 개혁하라. (당시 국왕이 사토한 땅을 궁방전이라고 하여, 그것을 미끼로 노략질을 하는 폐단이 많았다.)

4. 환곡제도還穀制度를 없애라. (당초 이 환곡제도는 관이 백성에게 양식을 빌려주었다가 약간의 이자를 붙여 환수하는 것이었는데, 후에 이것이 악용되어 토색 수단으로 많은 폐단을 낳았다.)

5. 삼수포세三手砲稅를 폐지하라.

6. 재해가 있을 땐 감세하라.

7. 도량형을 통일하라.

8. 지방 수령의 임기를 5년 이상으로 보장하라. (당시 지방관은 길어야 1년, 짧으면 1, 2개월에 바뀌는 까닭에 행정을 제대로 할 수 없었다. 이렇게 빈번히 바뀌는 이유는 매관과 매직의 수단으로 했기 때문이다.)

9. 조운선漕運船을 만들어야 한다.

10. 역로제도驛路制度를 개혁하라.

이상과 같은 제안은 모두 간절한 것이고, 당장 개혁에 착수해야 할 사정에 있었는데도 조정은 이를 채택하지 않았다.

그러나 이 개혁안으로 인해 어윤중은 일약 정계의 중요 인물로서 부각되었다. 그런 까닭으로 해서 조정이 이른바 '신사유람단'을 파견할 때, 그가 12개 반 중의 반장의 하나로 뽑혔던 것이다.

어윤중은 약 4개월 동안 일본에서 머물다가, 청국으로 건너가서 얼마간을 머물다기 돌아와, 다시 문의관으로 청국에 가서 천진에서 임오군란의 소식을 들었다. 그 뒤, 어윤중은 주변 상황 때문에 갑자기 바쁘게 되었다. 그러니 최천중이 어윤중을 만난 것은 거의 3년째가 되는 셈이었다. 그런 만큼 묻고 싶은 것도 많았다.

이런저런 얘기 끝에 최천중이 일본의 사정을 물었다. 어윤중은 자기가 본 대로 들은 대로 얘기를 하고서, 자기의 의견을 덧붙였다.

"일본도 지금 서양 제국의 압력에 눌려 불평등조약을 맺고 있는 현상이나, 그들과 우리는 사정이 전연 다릅니다. 그 나라엔 진취의 기상이 횡일해 있는데, 우리나라는 퇴영의 기분으로 침체돼 있어요. 그들은 옳다 싶으면 서양 제국의 본을 떠서 제도이건 문물이건 서슴없이 고쳐나가는데, 우리들은 구습을 묵수*할 뿐, 달리 도리를 생각 않고 있지 않습니까? 일본은 세계의 대세에 따라가려고 관민들이 서둘러 일진월보日進月步하고 있는데, 우리는 지금 속수무책으로 있는 것 아닙니까? 새로운 일을 건의하면 묘당廟堂의 원로들은 물론이거니와, 촌부인 유림들까지 반대하고 나서니 참으로 딱하외다."

"딱하오. 참으로 딱하오."
하고 최천중이 맞장구를 쳤다.

어윤중이 말을 이었다.

"내가 일본에 가서 가장 놀란 것은 군제軍制입니다. 어른께서도 알고 계시다시피, 일본의 무사도란 것은 막강한 것이옵니다. 그런데 그 무사도로써 다듬어진 군대를 깨끗이 해체하고, 서양의 문명을

---

* 墨守: 굳게 지킴.

도입한 군제로 완전히 탈바꿈하고 있었사오이다. 해군은 영국제를 채용하고, 육군은 독일제를 채용했는데, 그 이유는, 해군은 영국이 세계 제일이니 그것을 따르겠다는 것이고, 육군은 독일이 제일이니 그것을 따르겠다는 데 있지 않겠습니까? 이 얼마나 간사할 만큼 현명한 노릇이겠습니까. 또 의학이나 총포학은 독일에서 배우고, 법률은 법국의 것을 채택하고, 광물학은 독일에서 배우고 있습니다. 법률은 왜 법국의 것을 배우냐고 물었더니, 영국의 법률은 관습에서 비롯된 자연법自然法이라서 일본의 조건에 어긋남이 많을 뿐 아니라, 법국의 나파륜(奈波崙, 나폴레옹)이란 영웅이 제정한 나파륜 법전이야말로 모범될 만한 것이기에 그렇게 되었다고 했소이다. 만사가 이와 같으니, 불원 그들과 우리의 차差가 점점 확대되어, 일본과의 불평등조약을 수정할 기회가 멀어질까 하여 걱정이로소이다."

"불평등조약을 수정하지 못할 정도라면 견딜 수 있겠죠. 그 정도라면 견딜 수 있겠소만…"

하고 최천중은 말꼬리를 흐렸다.

"소생의 걱정도 그렇소이다. 일본엔 삼당三黨이 있사온데, 이른바 국당國黨, 민당民黨, 중립당中立黨이라 하더이다. 천황은 깊은 곳에 있고 정사는 대신들이 행하는데, 만기萬機*를 공론에 의해 결하는 듯 하는 것이 부러웠소이다."

어윤중은 일본에서 본 바, 들은 바, 느낀 바를 구체적인 예를 들어 얘기하다가 돌연 침묵해버렸다.

---

* 정치상의 온갖 중요한 기틀.

최천중은 다음 말을 기다리고 있었는데, 말이 끊어진 채 한참이어서 어윤중의 얼굴을 살폈다. 깊은 고민이 어윤중의 미간에 새겨져 있었다.

최천중은 불안을 느꼈다. 그러나 그 까닭을 물어볼 순 없었다. 너무나 무거운 침묵이었기 때문이다.

한참만에야

"이거 실례했소이다."

하고, 어윤중이 다시 입을 열었다.

"얘기를 하다가 보니, 괜히 울화가 치밀어 올랐기 때문입니다."

그리고 또 한참을 있더니,

"일본의 사정이 골고루 좋은 것은 아닙니다. 그러나 전체적으로 생동하는 것이 있어요. 일본에도 못사는 사람들이 있고, 그들의 모습에 지쳐 있는 흔적이 완연하기도 합니다. 그런데 그들의 지쳐 있는 모습엔 사람으로서 지쳐 있다는 증거만은 뚜렷합니다. 하나, 우리의 궁민窮民이 지쳐 있는 모습엔 사람의 흔적이란 없지 않습니까? 굶주린 짐승과 같은 처참한 몰골일 뿐입니다. 제가 피차의 궁민들을 비교해보는 까닭은, 그들이 대다수이며, 그들이 나라의 바탕이기 때문입니다. 일본엔 지금 뭔가, 기운이랄까, 그런 것이 움직이고 있습니다. 우리나라엔 침체된 늪의 장기瘴氣** 같은 것이 있을 뿐입니다. 장기는 곧 독기가 아닙니까? 이 독기를 뽑아내려면, 그야말로 획기적인 전환이 있어야 합니다."

** 축축하고 더운 땅에서 생기는 독한 기운.

하고 깊은 한숨을 쉬었다.

"일본이 신흥의 기상에 횡일해 있다는 소식은 여러 사람들로부터 들었소. 그러나 그들이 감히…"

최천중의 이 말을 어윤중이 막았다.

"절대로 일본을 과소평가하는 일이 있어선 안 됩니다. 그들은 활발하게 서양의 문물을 받아들이면서도 그들이 가지고 있는 고유의 강치라고 할까, 강단이라고 할까를 잊지 않고 있으니까요. 두고 보시오. 불원, 세계에서도 무시할 수 없는 세력으로 등장할 겁니다. 그들의 부국강병책은 지금 무섭게 진행되고 있소이다. 게다가 인물도 많구요. 중앙정부의 요로*들과 빈번히 만나 보았습니다만, 국사國士로서의 기개를 잃지 않으면서 소관사所管事에 능통해 있었소이다. 정부의 기능이 민첩하게 움직이고 있는 덴 정말 놀랐습니다. 세입도 세출도 미리 짜놓은 숫자대로 어김없이 들어맞도록 사무가 진행된단 말입니다. 나라의 살림이 그만큼 규모가 있다는 얘긴데, 이에 비하면 우리의 살림은 말도 안 되는 겁니다. 한편에선 터무니없는 낭비를 하면서, 군졸들에겐 13개월 동안이나 급료를 주지 않는 따위의 짓을 예사로 하는 통에 지난번의 군란이 있었던 것 아닙니까? 그런데도 추호의 반성도 없으니, 어디 희망이 있다고 하겠습니까? 저는 일본에서 보았습니다만, 일본은 정부 관리의 봉급, 군졸과 경찰의 봉급 지불에 있어선 정해놓은 날에 하루도 어김이 없다고 하였소이다. 이것이 곧 기강이 아니겠습니까? 정부의 처사

---

* 要路: 영향력이 있는 중요한 지위. 또는 그 지위에 있는 사람.

에 기강이 있어야 위신이 서는 겁니다. 위신이 있고서야 정치가 바로 되는 겁니다. 급료 문제는 지엽말정의 문제 같지만, 이게 바로 정사의 근본 문제가 아니겠습니까?"

일본 얘기가 일단락되었을 때, 최천중이 물었다.

"청국의 사정은 어떠하옵니까?"

어윤중은 잠시 눈을 감고 있더니, 신중하게 말을 골랐다.

"워낙 큰 나라가 돼서 대중을 잡을 수가 없사옵니다만, 썩어가는 부분이 너무나 많기도 합니다. 그러나 우리나라의 이런 처지에 앉아 청국을 점친다는 건 외람한 얘기가 될 것 같습니다."

"그러나 어공이 느끼신 바는 있지 않겠소?"

"경박함을 무릅쓰고 한마디 한다면, 청조淸朝도 얼마 갈 것 같지가 않습니다. 물론, 오늘내일의 일은 아니겠고, 십 년, 이십 년, 아니, 삼십 년 후의 일이 될진 모르지만, 한민족漢民族은 저력이 있는 민족이니, 만주족의 통치에 그냥 복종하기만 하리라곤 믿어지질 않습니다."

"청조라고 해도, 그 기간이 되는 인물은 대부분 한족 출신이 아닙니까?"

"그렇긴 해도 청조에 반감을 가진 한족의 수가 더 많으니까요."

"그런 청국에 유유낙낙 휘둘리고 있다면 이것도 큰일 아니겠소?"

"최량의 길은 불가근 불가원인데, 군란 이후에 부득이 청조에 청원請援하지 않을 수 없게 되었으니, 화를 자초한 느낌이 없지 않습니다."

하고, 어윤중은 괴로운 표정을 지었다.

"일본과 청국을 비교하면…?"

"한마디로 말해, 일본이 신흥이면 청국은 노쇠이죠. 그러나 워낙 대국이어서 활로가 많을 거니, 지금의 상황을 놓고 비교하긴 어려울 것이올시다. 하기야 활로가 많다는 건, 그 활로를 살리지 못하면 망로亡路가 되는 것이니, 청국의 사정은 복잡합니다."

"태평천국의 잔당은 말끔히 불식된 것입니까?"

"그 큰 세력이 패했다고 해서 어찌 말끔히 불식이야 되겠습니까만, 세력으로선 남아 있지 않는 것 같소이다. 그러나 태평천국의 난, 아편전쟁을 치르는 동안에 입은 상처가 아직 아물지 않은 것 같았사옵니다. 그 상처에서 병근病根이 자라나, 천하대란이 있을지도 모를 일이옵니다. 그러나 남의 나라 걱정을 할 계제가 못 되니…."

하고 어윤중은 쓸쓸하게 웃었다.

"이번에 맡으신 직책도 꽤 중대하다고 보는데…."

"그렇소이다. 지금 압록강, 두만강 접경지대의 청국 땅엔 우리 백성이 많이 진입하여 있습니다. 그들을 불러들이자니 생로를 만들어줄 수단이 막연하고, 그냥 방치해두려면 남의 땅에서 받는 박해와 수모에 대해 적절한 대책이 있어야 하겠고…. 그런 약점을 가진 채 청국과 조약을 맺어야 하니, 여간 마음이 쓰이는 게 아닙니다. 하나, 힘껏 해볼 작정입니다. 장차 아라사와의 협정 문제가 있어야 할 테니, 선례를 나쁘게 만들어선 안 될 일이옵니다."

"여러 가지로 수고가 많겠소."

하고, 최천중은 자세를 고쳐 앉았다.

"어공을 뵈온 김에 의논할 일이 있소이다."

최천중은, 아들 원석과 형석의 외국 유학 문제를 꺼내놓았다.

어윤중이 물었다.

"나이 몇 살이옵니까?"

"원석이란 놈은 18세, 형석은 16세로소이다."

"한창 근학할 나이로군요."

하고, 어윤중이 다시 물었다.

"호학의 기상은 있습니까?"

"호학의 기상으로 보면 아우인 형석이가 조금 나은 것 같습니다만, 재질은 비슷하옵죠."

"무슨 학문을 시키시길 소원합니까?"

"결국 경세제민經世濟民하는 학이라야 하지 않겠소?"

"경세제민도 좋지만, 서양의 발달된 문명술을 배우는 게 어떠하올는지…."

"예컨대?"

"조선술造船術이라든가, 광산학鑛山學이라든가 하는 것 말입니다. 나는 생각하길, 우리나라에 소중한 건 경세제민하는 치도가 요령이기도 하지만, 이에 못지않게 생산업을 향상시키는 기술의 도입도 간절하다고 생각합니다."

"글쎄요."

하고, 최천중은 생각에 잠겼다. 어윤중의 말을 이해하지 못할 바는 아니나, 기술을 배워 가지곤 남의 위에 서진 못하는 것이다.

어윤중의 말이 계속되었다.

"농경의 술도 기술만 있으면 얼마든지 향상시킬 수 있는 것인가 보았소이다. 연전 일본에 갔을 때 동경 부근 지바[千葉]에 있는 어느 농촌을 찾은즉, 시오바라[鹽原]라고 하는 농업기술자가 있었는데, 중토中土쯤 되는 땅에서 매 단보에 벼 12석을 수확한다고 하옵디다. 1단보면 3백 평이 아니오이까? 우리는 답踏 1필匹을 2백 평으로 쳐서 상토上土에 2석을 걷는 게 고작인데, 3백 평에서 12석을 낸다고 듣고 적이 놀랐소이다. 그런데 그 마을에서도 시오바라의 지도에 따른 사람은 모두 다수확인데, 그러지 않은 사람은 같은 토질에서도 매단每段 3, 4석밖엔 내지 못했다고 하니, 농업기술을 무시하지 못한다는 것을 알 수 있지 않습니까? 이를테면 이런 식으로 우리의 농토나 광산, 어장 등을 개발하면 우리도 부국이 되지 않을까 하옵니다. 경략經略*에만 능해도 빈국이면 경략의 보람이 없는 것 아니겠습니까?"

"농사를 잘 지으면 잘 지을수록 토색질을 많이 당한다면, 비참은 매양 한가지가 아니겠소? 요즈음과 같은 정사로썬 백성의 근로와 식산을 장려하긴 틀렸소이다."

"그렇긴 하오이다. 가정苛政은 범보다도 무섭다는 고사도 있으니까 말입니다."

하고, 어윤중이 쓸쓸하게 웃었다.

"우선, 어느 나라로 보내는 게 가장 좋겠습니까?"

---

*   나라를 경영하고 다스림.

"일본은 지금 서양을 배우느라고 한창입니다. 그러니 일본으로 가보았자 서양에서 배운 것을 또 배우는 결과밖엔 안 되니, 그럴 바에야 서양으로 보내야죠."

"서양이라고 해도 여러 나라가 있지 않습니까?"

하고, 최천중은 어윤중의 답을 기다렸다.

"경세제민하는 경략을 배울 양이면, 미국으로 보내시는 게 나을 까 합니다. 미국은 신흥의 나라라고 들었습니다. 우리도 앞날 신흥을 해야 할 테니까 미국을 배워야죠."

어윤중의 말엔 성의가 넘쳐 있었다.

"둘 다 미국으로 보내는 게 나으리까?"

하고 최천중이 물었다.

어윤중은 잠깐 생각하더니,

"미국에 둘 다 보낼 것까진 없겠습니다. 하나는 프랑스로 보내도 록 하는 게 어떨는지…?"

하곤, 그 이유를 다음과 같이 설명했다.

"뭐니 뭐니 해도 문명이 가장 발달되어 있는 나라는 프랑스라 고 하옵니다. 들은 바에 의하면, 구라파 문명의 중심이 프랑스라고 하고, 학문의 각 분야에 기라성 같은 인재가 망라되어 있다고 하 온즉, 그 문명의 본원지에서 수학해보는 것도 좋은 일 아니겠소이 까?"

"어공의 말씀을 들으니, 속이 툭 트이는 것 같소이다."

"부럽소이다. 아드님들 해외에 유학시킬 뜻을 가지신 도량도 부 럽고, 그만한 가산家産의 여유가 있다는 것도 부럽소이다. 지금의 내 처지로선 뜻이 있어도 행할 수가 없습니다. 봉록俸祿이 식구들의 입을 균점할 수 없으니, 내 어찌 그럴 엄두라도 내겠습니까."

"봉록이 박하다는 건 환재 선생님의 집을 드나들었기 때문에 잘 알고 있습니다만, 아직도 그런 꼴이라면 조신들이 어찌 안심하고 막중한 국무를 처리할 수 있겠소이까?"

"말이 달라집니다만, 일본엘 가니까 봉록의 상후하박上厚下薄이 엄청납디다. 순포巡捕, 우리로 말하자면 포졸인데 그 월급이 한 달에 5원이고, 대신, 즉 당상관들의 월급은 월에 3백 원에서 5백 원까지였으니, 그야말로 천양지차라고 하겠습니다. 5원의 월급으로도 5, 6명 식구가 먹고사는 형편이니 3백 원, 5백 원이면 굉장한 호화가 아니오이까. 그러나 이건 부러워서 하는 얘긴 아닙니다."

"외람하지만, 어공."

하고 최천중이 말을 낮추었다.

"어공께서도 자제분을 해외로 보낼 의사가 있으면 비용에 있어선 내가 견마지로를 다하리다."

"천만의 말씀."

어윤중이 정색을 했다.

"뜻은 고맙사오나 당치도 않은 말씀이오이다. 자식은 분수대로 키우고 분수대로 커야 한다고 알고 있습니다. 그러니 괘념 마시옵고, 귀공의 아드님이 외국을 가려면 다소 번거로운 절차가 있어야 할 것이오니, 그 일은 내가 맡아 처리해드리리다."

"고마우신 말씀입니다."

하고 일어서려는데, 어윤중의 말이 있었다.

"어느 편을 미국으로 보내고 어느 편을 법국으로 보낼까 하는 문제는 신중히 생각하셔야 합니다."

"그게 문제로군요. 지자知子는 막여부莫如父*란 말이 있는데, 나는 이 말처럼 어긋난 말은 없는 듯하옵니다. 어공의 현명하신 충고가 있었으면 하옵니다."

어윤중은 내일 아침에라도 두 형제를 보내라고 했다.

최천중은, 어윤중이 서북으로 떠나기 직전 성대한 송별연을 열자고 제안했다.

어윤중의 집에서 나온 최천중은, 골목길을 빠져나와 한길 한가운데서 잠깐 걸음을 멈췄다.

거리엔 봄빛이 눈부시도록 깔려 있었다. 그런데 서로 어깨를 기대고 쓰러질 듯한 집들이 공교롭게 버티고 서 있는 것 같은 나지막한 집들의 모습엔 민생의 쇠잔한 빛이 있었다.

'아아, 황량한 거리에도 봄이 왔구나!'

하는 감회가 시상으로 옮아가려고 하자, 최천중은 살래살래 고개를 흔들어보곤, 여란의 집을 향해 걷기 시작했다. 거기 가서 점심을 먹을 겸 시정의 소문들을 들어보아야겠다고 마음먹은 것이다.

'원석과 형석의 유학 문제는 그렇게 처리하도록 하고 왕문은 어떻게 할까?'

뇌리에 이 상념이 비끼자, 최천중의 얼굴은 엄숙하게 변했다.

---

* 아버지만큼 자식의 사람됨을 아는 사람은 없다.

233

최천중은 어떠한 난관이 있어도 왕문을 제왕으로서 키워야만 했다. 비록 땅을 차지하는 제왕은 아닐지라도, 사람들의 마음을 차지하는 제왕은 되어야 할 것이다. 땅을 차지하는 제왕은 천기天機를 타야 하는 것이니, 진인사하여 대천명할밖에 없지만, 마음을 차지하는 제왕은 재질과 수양으로써 가능하다고 보았다.

그런 만큼, 왕문의 교육 문제에 관해선 이만저만 신경이 쓰이지 않았다. 땅을 차지하는 제왕을 만들려 하다가 '마음을 차지하는 제왕이라도…' 하고 목표를 바꾼 것은, 최천중의 내부에 있어서 혁명적인 전기가 있었기 때문이다.

그것은 곧 임오군란의 경과를 지켜보는 사이 최천중이 파악한 시대 인식이기도 했다. 오백 년 동안 지속해온 이李 왕실은 이미 썩어들어가고 있었지만, 오백 년 동안 백성들의 마음에 심어놓은 공포 의식과 이에 따른 아부 근성은 이끼를 뒤집어쓴 바위처럼 요지부동인 것이다. 그러나 요지부동은 겁낼 것이 아니라고 최천중은 생각했었다. 공포 의식을 반항 의식으로 전환시킬 수도 있고, 어떤 계기를 잡기만 하면 아부 근성을 이편으로 흡수할 수도 있었기 때문이다.

문제는 외세에 있었다. 청국이 대군을 거느리고 들어와 이 왕실을 굳이 지키려고 한다면, 그것을 뒤엎을 만책萬策이 있어도 소용없는 짓으로 된다. 최천중은 한성의 거리를 정복자처럼 오연하게 걸어 다니고 있는 청병淸兵을 보며 절망에 가까운 실의를 느꼈다. 그렇다고 해서 최천중이 그의 야심을 포기한 것은 아니다.

왕문에게 긴급한 건 교육 문제이기도 했지만, 이에 앞서 급한 일은 결혼 문제였다. 남아 이십 세이면 마땅히 배필을 가져야 한다.

최천중은 몇 해 전부터 왕문의 결혼 문제에 관해 심려하고 있었다. 그 문제로 왕왕 황봉련과의 사이에 농담을 섞은 승강이도 있었다.

최천중은 몇 개의 원칙을 가지고 있었다. 권문의 딸은 취하지 않는다. 중인의 딸도 취하지 않는다. 물론 천생도 취하지 않는다. 청렴하게 수신제가한 깨끗한 선비의 가통에서 취하되, 상은 자기가 직접 보아야 했다. 왕문이 제왕이 될 사람이니, 그 배필은 마땅히 왕후의 상을 가진 여자라야만 하는 것이다.

최천중은 문득, 얼마 전에 황봉련과의 사이에 있었던 얘기를 상기했다.

"유덕로 대감 아시죠?"

"이름을 들은 적은 있지."

유덕로는 지금은 쉬고 있지만, 몇 개의 판서직을 지낸 어른이다.

"그 유 대감 댁에 세 규수가 있어요. 그 중간 딸이 기가 막혀요."

"권문의 딸은 취하지 않기로 했다는 말 잊으셨소?"

최천중이 핀잔 섞인 말을 토했다.

"권문을 피하자는 건 이편에 마음이 있어도 저편에서 불응할까 봐 그러시는 것이옵니까, 달리 이유가 있어서 하시는 말씀이옵니까?"

"토색과 수탈로써 부귀를 누리고 있는 권문의 딸이 백성을 위하는 제왕의 후后가 될 수 있겠소?"

"당신답지도 않은 소리 마십시오. 화적의 자손 아닌 사람이 없고, 왕의 후손 아닌 사람이 없다오. 적부適否는 당자를 보고 결정할 일이지, 문門을 보고 할 일은 아니옵니다. 귀貴는 천賤에서 생生할 수가 있고, 연꽃은 진흙에서도 피어난답니다."

"그래도 당대의 권문은 안 돼요."

"권문, 중인, 천인 다 안 된다고 하면, 당신, 며느리 보긴 틀렸소이다."

황봉련이 뾰로통해졌다.

"만 호 장안에 왕문의 배필감 없을려구. 백만 호 팔도에서 배필하나 못 찾을려구."

"그런 황당한 말씀 마시고 유덕로의 규수를 살펴보기라도 합시다. 왕문이 뛰어난 재질의 소유자이며 잘난 청년이기는 하지만 과거에 장원급제를 했수? 명문 호족 출신이우? 우리가 취하느니, 안취하느니 할 겨를도 없이 상대편이 받지도 않으리라."

"그런데 왜 유 대감의 규수를 들먹이는 거유?"

"내가 들면 되게 하는 수가 있으니 드리는 말씀이에요."

"조금만 더 기다려봅시다."

하고 그 얘긴 끝났는데, 이제 최천중이 문득 그때 생각을 한 것이다.

'오늘 유덕로 집을 한번 찾아가보나?'

찾아가보는 것쯤이야 나쁠 건 없다는 생각이 들었다.

최천중은 일단 여란의 집으로 갔다.

아직 이른 점심때이긴 했지만, 여란의 집은 파리를 날리고 있었다.

바깥 주청으로 해서 안방으로 들어가 자리를 잡으면서 최천중이 물었다.

"장사하는 집에 손님이 이렇게 없어서야 어떻게 하나?"

"난리 후론 손님들의 발이 뚝 끊어졌어요."

하는 여란의 대답이 있었다.

난리란 곧, 작년에 있었던 군란을 말한다.

난에 가담한 군졸을 찾는답시고, 주로 술집 같은 곳을 포교들이 덮치는 바람에 누累*를 겁내어 사람들이 출입을 안 하게 되었을 뿐 아니라, 두세 사람의 선비만 모여 있어도 관의 눈이 번득거리는 바람에, 불가불 요릿집들은 파리를 날릴 수밖에 없는 사정이었다.

그러나 술집이 잘 안 되는 사정까질 걱정할 수 있는 처지는 아니었다.

최천중은 간단하게 장국밥을 끓여 오라고 시켜 요기를 하면서, 유덕로 대감의 집이 어느 곳에 있는가를 알아 오라고 중남에게 시켰다.

점심을 먹고 보료 위에 누워 한숨을 돌리고 있을 때, 중남이 유덕로의 집 있는 곳을 알아 왔다.

북촌北村 양덕방陽德坊이라고 했다.

북촌 양덕방에 있는 유덕로의 집 앞까지 갔을 때, 최천중은 그 집이 바깥에서도 짐작할 수 있을 만큼 웅성거리고 있다는 것을 알았다.

대문에서 안을 기웃거렸다. 바깥사랑의 마루에 꽉 차게 사람들이 앉아 있었다. 대감의 집이면 원임原任, 시임時任 할 것 없이 식

---

* 남 때문에 받게 되는 피해.

객들이 많은 당시의 상례로서도, 오늘의 그 집 손님은 너무나 많은 것 같았다.

최천중은 대문을 들어섰다. 문간에 서 있던 하인이 얼굴을 내밀었다.

"나는 최천중이라고 한다. 대감께 가서 알려라."

"알릴 필요 없습니다요. 오늘은 잔칫날이오니, 사양 마시고 대청으로 올라가시라요."

하인의 말이었다.

"무슨 잔치냐?"

"대감님의 셋째손자 돌날인뎁쇼."

손자의 돌날까지 손님을 모아 축하한다면, 대단히 축복된 집이라고 할 수 있겠으나, 진상은 그렇지 않다는 것을 최천중은 알고 있다. 무슨 명목으로건 잔치를 벌여놓으면, 대단한 이득을 볼 수 있는 것이 당시 탐관들의 버릇이었다. 이를테면, 쌀 열 섬으로 술을 빚어 잔치를 벌이면 쌀 백 섬에 기만 냥을 헤아리는 부조가 들어오는 것이다.

한마디로 말해, 손자의 돌잔치를 손님을 청해서까지 한다는 것은 스스로 탐관임을 자처하는 것이나 마찬가지였다.

최천중은, 유덕로의 둘째딸이 아무리 현량한 규수라고 해도 왕문의 아내로 맞아들일 순 없다는 결심을 다짐했다. 그러나 일단 들어선 바엔 회행*할 순 없었다.

---

* 回行: 발길을 돌림.

대청 가까이로 갔을 때, 하인 하나가 또 나타나더니 최천중을 왼편 마루 끝으로 안내했다.

거기 서상이 놓여 있고, 서상 앞엔 지필묵을 갖추어놓고 청지기로 보이는 빈상貧相을 한 사나이가 앉아 있었다. 부조를 모으는 역할을 담당하고 있는 것으로 보였다. 옆에 놓인 장함엔 수두룩하게 봉투가 쌓여져 있었다. 미표米票나 어음 조각일 것이다.

최천중은 아랑곳 않고 마루로 올라가려고 했다. 그런데 하인 녀석이 은근무례慇懃無禮한 동작으로,

"어디의 뉘신지 존함은 알아둬야 하지 않겠소이까?"

하며 청지기를 가리켰다.

최천중은 바지춤에서 당오전當五錢 꾸러미를 풀어 상 위에 던졌다. 구경 값을 치르는 셈으로서였다.

당오전 꾸러미가 백 냥은 넘게 짐작이 되었던지, 청지기가 황급히 붓을 들었다.

"함자를 어떻게 쓸깝쇼?"

"천하 도인 최천중이라고 쓰시구려."

하고 마루로 올랐다.

말석에 자리를 잡았다.

손님들이 혹은 겸상, 혹은 독상을 앞에 하고 접시에 발라놓은 것 같은 음식에 젓가락질을 하고 술잔을 비우면서 맥락도 없이 지껄이고 있었다.

최천중은 아무리 보아도 인종지말자人種之末者들만 모였다는 느낌이 들었다.

모두들 미관말직이라도 얻어 걸치려고, 시임도 아닌 원임 대감 집에 모여든 족속들이니 뻔한 일 아닌가.

이윽고 최천중의 앞에도 손바닥만 한 사각상四脚床이 놓여졌다.

옆에 있던 사람이 힐끗 그 상을 보았다. 자기가 받은 상과 비교해보는 눈치였다.

이때,

"대감 나오신다."

는 말이 어디서인지 울려왔다.

불그레한 얼굴에 뚱뚱한 몸집을 하고 팔각관八角冠을 받쳐 쓴 마고자 차림으로 유덕로는 대청 위쪽에 자리를 잡았다.

"손자님의 탄일, 축하하옵니다."

하는 소리가 이곳저곳에서 났다.

"소찬박주라서 손님 대접이 아니군."

하고 마루를 한 번 둘러보더니, 조용해진 틈을 타서 유덕로가 말했다.

"내 손자를 위해 시 한 수를 지었소이다."

마루가 물을 끼얹은 듯 조용해졌다. 모두들 경청할 자세를 취했다.

바로 그때였다.

"그 시 좋습니다."

하고 무릎을 탁 치는 자가 있었다.

최천중의 서너 사람 앞에서 등을 보이고 있는 자가 외친 것이다.

유덕로가 의아한 표정으로,

"아니, 내가 시를 읊지도 않았는데, 어떻게 알고 좋다고 하느냐?"

하고 물었다.

"시를 읊으시고 나서야 어떻게 저 같은 사람이 칭찬할 겨를이 있겠습니까? 그래, 이왕이면 하고 미리 찬사를 올린 겁니다."

그 사나이가 이처럼 늠름하게 말하자 좌중에 폭소가 터졌다.

"핫하…."

하고, 최천중이 다른 사람의 두 배, 세 배 되는 소리로 웃고, 그 웃음을 길게 끌었다.

그 태도가 눈에 거슬렸던 모양으로 유덕로가 눈을 흘기며 물었다.

"자넨 초면으로 보이는데, 누군가?"

"나로 말하면 경주인 최천중이라고 하옵니다."

"경주 최씨면 최씨지, 남의 축연에 와서 무엄하게 웃어댈 수 있는가?"

유덕로가 소리를 높였다.

"손자님 돌잔치에 와서 통곡할 순 없는 일 아니옵니까."

최천중이 후환을 짐작하고 일어서며,

"축연에 와서 명언名言을 듣고 웃었대서 대감의 비위를 상하게 했다면 나는 이로써 물러갈까 하옵니다."

하는 말을 남기고 축담으로 내려섰다.

등 뒤에서 웅성거리는 소리가 있었지만 개의치 않고 최천중이 그 집을 빠져나와 골목을 돌려고 할 때였다.

"최공."

하고 부르는 소리가 있었다.

뒤돌아보니, 아까 유 대감이 시를 지었다고 하자 '그 시 좋습니다' 하며 무릎을 친 사람이었다.

그 사람이 걸음을 빨리하여 최천중과 나란히 서더니 자기소개를 했다.

"나는 현풍의 곽선우라고 하오."

나이는 사십사오 세, 파립폐의破笠敝衣의 초라한 사람이었지만, 눈에 영기英氣가 빛나고 있었다. 구레나룻을 짙게 두른 얼굴엔 어딘지 장난기가 있기도 했다. 최천중은 순간 곽선우를 빈천貧賤도 불능굴不能屈*할 상의 소유자라고 봤다.

"곽공도 벼슬을 얻으러 그 집엘 가셨소?"

하고 최천중이 물었다.

"과거와 벼슬과는 담을 쌓았소이다. 나는 오직 점심 한 끼 얻어먹으러 간 것뿐인데, 오늘은 얌전히 점심 값을 치른 것 같아 기분이 좋소이다."

곽선우가 깔깔 웃곤 물었다.

"최공은 무슨 연유의 행차였소?"

"내가 무슨 벼슬을 얻으러 간 사람으로 보이우?"

하고 최천중이 웃었다.

초면인데도 농담을 걸어서라도 가까이 하고 싶은 사람이 있다. 곽선우는 그런 사람에 속했다.

"그런 사람으론 보이지 않으니까 물어보는 게 아뇨?"

하는 곽선우의 말이어서, 최천중이

---

* 가난과 천함도 그 지조를 꺾지 못함.

242

"내가 어떤 사람인지 알아맞혀보시라요."

하고 장난기를 섞었다.

"나는 관상쟁이도 점쟁이도 아니니 알아맞혀볼 수 없지만, 약간 싱거운 사람이란 건 알았소."

"싱겁다니, 그게 웬 소리요?"

최천중이 발끈한 기분으로 물었다.

"남의 집 돌잔치에 와 갖구, 특히 아첨할 작정도 없는 사람이 부좃돈으로 백 냥을 낸다면, 그건 싱거운 사람 아니겠소?"

최천중은 말이 막혔다. 정곡을 찔렀기 때문이다. 곽선우는 느릿느릿 말을 이었다.

"남아도는 돈이 있으면 성밖으로 나가 부자 밥 먹듯이 굶고 있는 사람들에게 쌀이나 팔아줄 일이지, 그 따위 썩은 집구석에 갖다 안길 게 뭐요?"

"듣고 보니 그렇게 됐군."

"이런 소릴 듣고서야 겨우 알아차렸수?"

"그런 것 같소이다."

최천중은 활달하게 웃어넘겼다.

"그렇게 내던질 돈이 있으면 내게 얼만가 희사할 생각은 없소?"

"경우에 따라선 없지도 않지만 절 모르는 시주야 할 수 있소?"

"이렇게 상판을 내밀고 있는데 절 모르는 시주라 할 수 있소?"

하고, 곽선우는 구레나룻을 쓰다듬었다.

"그러질 말고, 우리 어디 가서 술이나 한잔하며 얘기합시다그려."

"듣던 중 반가운 얘기로군."

"혹시 곽공의 단골이 있으면…."

"단골이랄 건 없지만, 외상술을 너무 많이 마셔 미안한 집이 있소이다. 최공께서 즉문卽文*을 낼 수 있다면 그리로 가십시다."

"그곳이 어디유?"

"동대문 밖입니다."

두 사람은 화창한 봄빛을 등으로 받으며 동대문으로 향했다.

"춘한인궁春閑人窮하니 도道가 막막하구려."

최천중이 중얼거린 소리다.

"도 막막이라니, 길이 막막하단 말이요, 천하의 도가 막막하단 말이오?"

"천도인도공막막天道人道共漠漠이면 또 어떻소?"

"어떻기야 하겠소만, 성두춘색城頭春色이 입허망入虛妄**하니 처참한 생각이 든다는 뜻이오."

"성두춘색입허무라고 들으니 대구가 생겼소이다."

하고 최천중이 읊었다.

"동문주가유소망東門酒家唯所望***이라."

"옳거니!"

하고, 곽선우가 손뼉을 치고 말했다.

"그 집 아낙네가 지극히 기뻐할 것이외다. 돈 내고 술 마셔본 일이 없는 사나이가 돈 쓸 줄 아는 봉을 물어왔으니 오죽이나 반갑겠소."

---

* 맞돈.
** '성 위로 봄빛이 허망하게 들어온다.'
*** '동대문의 주막만이 오로지 바라는 바이다.'

"봉을 물고 왔다고 해서 반가워할 지경이면 곽공이 부자가 되었다고 들으면 더욱이나 기뻐할 것 아뇨?"

"부자가 되었다면 비웃기나 할 것이오."

구레나룻을 쓰다듬으며 한 곽선우의 말이다.

동대문을 빠져나가 북쪽 산허리를 반 마장쯤 돌아간 곳에 곽선우가 말하는 단골집이란 게 있었다. 그러나 외관은 술집 같지가 않았다. 깊숙한 골목 안에 다소곳이 숨어 있는 여염집이란 느낌이 들었다.

여염집과 다른 데가 있다고 하면 반쯤 대문의 한쪽이 열려 있다는 점일까. 최천중은 곽선우에게 이끌려 집 안으로 들어섰다.

좁은 뜰 가운데 판자막이를 세워 안집과 사랑채를 갈라놓고, 문간채가 안채와 기역자형을 이루고 있는데, 문간채엔 좁다란 마루가 붙어 있고, 몸채나 사랑채는 각각 대청을 사이에 두고 양쪽에 방이 있어, 오붓한 집이란 느낌을 받았다.

"아주머니, 나 왔습니다."

하고 들어서는 곽선우를,

"곽 생원, 오랜만이우."

하고 반기며 노녀가 큰방에서 나왔다.

육십 가까운 나이라고 보았는데 술장사를 하는 여자치곤 맑게 늙었다는 인상이었다.

최천중은 아래채 마루에 걸터앉아, 곽선우가 안채와 사랑채의 중간쯤 되는 문간채 마루에 걸터앉아 노녀와 주고받는 말에 귀를 기울였다.

"하두 안 오시길래 어떻게 되셨나 했지."

하는 노녀의 말에,

"벼룩에도 낯짝이 있고 빈대에도 뭐가 있다지 않습니까. 올 때마다 외상술만 마시니 어디…."

하고 곽선우가 멋쩍게 웃었다.

"그런 걱정 마시구 자주 와요. 오시던 분이 안 오시니까 마음에 걸려요."

"그런데 오늘은 맞돈을 내고 술을 마실 수 있도록 봉을 데리고 왔습니다."

"술값 걱정은 말래두 그러셔."

"산에서 흙을 파듯 파 오고, 한강의 물을 떠 온 것도 아닌데, 어떻게 술값 걱정 안 할 수가 있습니까."

"돈 있는 사람이 자시고 낸 돈으로 외상술도 마실 수 있는 게죠, 뭐."

"고맙습니다, 아주머니. 세상에 아주머니 같은 분이 어디에 있겠습니까. 그러나 지금 갚진 못해도 술값 떼어먹을 생각은 없으니 그렇게 아십시오."

"나도 그렇게 생각하고 있으니 마음 쓰지 마사이다. 손님을 혼자 두셔서 되겠수? 자리로 올라가시오. 내, 술상을 차리겠소."

최천중은 안주인의 어조, 음색이 결코 범상으로 자란 여자의 것이 아니란 걸 느꼈다. 게다가 맑게 늙은 그 품위…. 슬며시 호기심이 일기 시작했다.

아래채 마루로 올라선 곽선우와 같이 좌정하고 최천중이 물었다.

"이 집을 뭐라고 부릅니까?"

"임진집이라고 하죠."

"임진집?"

"아주머니가 아마 임진강 근처에서 오신 모양입니다."

"말소리나 품위가 술장사를 하는 사람 같지 않습디다그려."

"잘은 몰라도, 행세하는 양반집의 노비로 있다가 속량되었답니다. 그런데 지금도 상전을 모시고 있는 모양입니다."

"상전을?"

"상전이라고 해도 남자는 아닙니다. 마님을 모시고 있는 거죠."

"그 마님도 이 집에…?"

"아닙니다. 주로 절에 계시는데, 가끔 오는가 봅데다만…"

깨끗하게 생긴 소녀가 술상을 들고 왔다.

제육 한 쟁반, 푸성귀 무침 한 쟁반, 명태를 파나물에 섞어 무친 것 한 쟁반, 소금에 구운 굴비 한 쟁반, 그리고 장과 김치로만 된 조촐한 술상인데 그 술상 자체에 품위가 있었다. 최천중이

"술집에서 먹는 음식 같지가 않고, 시골 양반집의 밥상 같은 느낌이 드는 품위인데요."

하고 잔을 들었는데, 그 술맛이 이를 데 없었다.

"이런 술상을 대하고 앉으니, 뭔가 사람이 된 것 같은 기분이 들지 않소?"

곽선우가 잔을 돌리며 한 소리다.

"그렇소이다."

최천중은 곽선우의 말의 함축이 좋다고 생각했다. 아닌 게 아니라, 차분하고 은근한 기분이 되어갔다.

"집의 품위를 보니, 어지간한 주객들은 드나들지 못하겠습니다그려."

"그렇습니다. 주인이 기피하지 않는데도 험한 손님은 드나들지 않고, 점잖은 손님들만 오는 것 같은데 대개 불우한 선비들이죠."

"하여간 무슨 내력이 있는 집 같은데…."

"그러나 남의 집 사정을 꼬치꼬치 알 수가 있습니까. 파고 물을 수도 없고…. 그저, 장안성 밖에 맑은 마음과 훈훈한 인정으로 나그네의 마음을 차분히 해주는 술집이 있다는 것으로 족하지 않습니까."

이런 얘기 저런 얘기를 하고 있다가 곽선우가 불쑥 말했다.

"나는 아까도 말했다시피, 관에도 부에도 인연이 없는 일개의 과객입니다만, 같이 자리를 하고 있는 인연이니 최공의 처지를 대강이라도 알고 싶군요."

"내 처지로 말하면."

하고 최천중은 말을 골랐다. 어쩐지 곽선우 앞에선 진정을 토로하고 싶은 마음으로 끌리기도 했다. 그러나 경솔할 순 없었다. 말을 이었다.

"나는 천애의 고아로 자라난 사람이오. 그러니 관과는 나면서부터 상관이 없는 처지지요. 그러나 부라고 하면 약간 인연이 있소이다."

"그렇다면 부자란 말씀입니까?"

"상엔 상이 있고, 하엔 또 하가 있으니, 부자란 말을 함부로 쓸

순 없지만, 도주공陶朱公의 기미驥尾*엔 붙지 않을까 하오.”

“도주공을 들먹여 견줄 수 있다면 대단한 부자시군요.”

“어떻게 하다가 보니 그렇게 되었소.”

각박한 세상이라 있어도 없다고 하는 풍조 속에서 스스로 부자라고 하는 사람도 이상한 것이다.

그러나 곽선우는, 최천중이 농담을 하고 있다고는 생각하지 않았다.

“부자가 되어 있는 기분이란 어떤 것인지 알고 싶소이다. 나는 가난은 뼈저리게 알아도 부자란 뭣인지 전연 알지 못하니까요.”

“헌데, 나 역시 부자의 기분을 알 수 없소이다. 내가 행하려는 것은 부에 있지 않고 그와 다른 것이니까요. 말하자면 갖고 싶은 것을 가지고 있지 못하니 가난한 사람이나 다를 바가 없지요.”

“그 갖고 싶다는 게 뭡니까?”

곽선우의 질문은 진지했다.

최천중이 불쑥 입을 열었다.

“천하.”

뜻밖에도 곽선우는, 최천중의 그 말을, 설명을 필요로 하지 않을 정도로 알아차린 모양이었다. 그러다가 다시 장난스러운 얼굴이 되더니,

“그래, 천하를 찾으려고 오늘 유덕로 집엘 갔소?”

하고 물었다. 그것은 곧, 천하를 바라는 사람이 유덕로 따위의 탐관 집에 가느냐는 핀잔 섞인 말이기도 했다.

＊　춘추시대의 대부호 도주공이 거느린 준마의 꼬리.

"천하는 어느 곳에라도 있으니까."

최천중이 아무렇지도 않게 말했다. 그리고 유덕로의 둘째딸이 훌륭하다기에 솔깃한 마음이 없지 않아 들렀던 것인데, 놈의 하는 짓이 마땅치 않아 빨리 나와버린 것이라고 했다.

"규수를 찾아 뭣 하시게요? 혹시 새장가를 드실 셈인가?"

"농담이 지나치시오."

하고 최천중이 말을 이었다.

"제왕의 상을 지닌 청년이 있소이다. 그 청년에게 배필을 구해줘 야 하기 때문에 규수를 찾는 거요."

"제왕의 상을 가진 청년이니, 그 배필은 왕후의 상을 지녀야 하 겠네요?"

"그렇소."

그러자 곽선우는 '흥' 하고 웃었다.

"남은 진지하게 말하는데, 당신은 우습게 들으시는군."

"우습게 들어야 할 얘기를 정중하게 듣는 건, 더욱 우스운 얘기 가 아니겠소?"

"뭣이 우습단 말요?"

최천중은 발끈하는 감정이 돋았다.

"생각해보우. 제왕의 상이 아닌 상이 어디에 있으며, 사형수의 상 이 아닌 상이 어디에 있겠소?"

"당신, 무슨 말을 그렇게 하시우?"

최천중이 화를 내었다.

"화내지 마시고 내 얘길 들어보시오."

하고, 술잔을 들어 목을 축이더니 말을 계속했다.

"최공, 생각해보시오. 이 왕실이 시작된 지 오백 년이오. 그동안 살고 죽은 사람의 수가 얼마나 되겠소? 아마 수천만을 헤아릴 수 있을까 하외다. 그 가운데 몇 사람쯤은 이른바 제왕의 상을 가지지 않았겠소? 그런데 한 사람, 야野에서 일어나 제왕이 된 사람을 보지 못했소이다. 우리의 인종이 저질이라서 그런 상을 가진 자를 낳지 못했다고는 할 수 없을 것이오. 만일 제왕의 상이란 게 있다면 말이오. 그런데 아무리 보아도 제왕의 상을 가졌다곤 할 수 없는 자들이 대를 이어 제왕이 되지 않았소? 역사 오백 년이면 알아볼 일이지, 그 이상 무슨 말이 필요하겠소? 사주란 것도 역시 그러하오. 춘추전국시대를 적은 기록을 읽어보아도 알 것이 아니오? 한 사람, 상으로써 제왕 된 자는 없소."

"그럼 뭣으로 인하여 제왕이 되었단 말요? 역대의 제왕이 있지 않소?"

최천중이 반격의 태세를 갖추고 물었다. 곽선우가 껄껄 웃었다.

"몰라서 물으시우?"

"뭔가 제왕이 되게 하는 게 있었기에 뽑혀 제왕이 된 사람이 있을 것 아니오?"

"꼭 알고 싶으면 내가 말하리다."

하고, 곽선우는 구레나룻을 쓰다듬었다.

"소 뒷걸음치다가 쥐 잡은 것이오."

최천중은 이 말에 아연했다.

곽선우의 다음 말이 있었다.

"그러니 제왕이나 쥐새끼나 다를 바가 없다는 거요. 삼군三軍의 장수는 빼앗을 수 있을망정, 필부의 뜻은 빼앗을 수 없다고 했으니, 하물며 최공 같은 장부가 의지를 굽힐 생각이 있으리요만, 허망을 좇아 그 생을 황무荒蕪하게 한다면 통탄할 노릇이 아니오?"

곽선우의 이 말엔 진정이 있었다.

최천중이 다소 흥분된 감정을 진정시켰다.

"허망을 좇거나, 멍청하게 앉아 있거나 인생의 황무는 매양 한가지가 아니겠소?"

"그러나 제왕의 상을 믿는다는 건, 그리고 사주를 믿는다는 건 허황한 일이오. 그보다는 요산요수하며, 때론 구궁救窮*하며 서민과 더불어 왕생하시는 것이 나을 거요."

"곽공의 말씀 고마우나, 나의 숙원인 걸 어떻게 하겠소."

"하오나, 상천지재上天之載 무성무취無聲無臭**라고 하였소. 제왕지사帝王之事는 상천지재요."

"상천지재도 인인시지因人施之***니, 노력해볼 만한 일이 아니겠소?"

최천중의 말과 곽선우의 말은 어디까지나 평행선을 긋고 있었지만, 그 분위기는 부드러웠다. 술은 일호一壺, 우일호又一壺로 몇 번 되풀이되었다.

곽선우가 다시 말을 시작했다.

---

* 궁핍함을 구제함.
** '하늘이 하는 일에는 소리도 냄새도 없다.'
*** '하늘이 하는 일도 사람으로 하여 그것을 이룬다.'

252

"만인축토萬人逐兎하여 일인획지一人獲之****란 말이 있소이다."

최천중이 허황된 꿈을 꾸고 있는 것 같아서, 그저 안타까운 것이다.

그래도 최천중은 미동도 않고 다음과 같이 응수했다.

"후한서 원소전袁紹傳에 있는 말 아니오이까? 그러나 나는 그 만인지중의 일인이 되려고 하는 것이오."

"만인지중의 일인이라…."

하고, 곽선우는 술잔을 입으로 가져갔다.

그리고 푸념을 섞어 말했다.

"한비자의 공명功名에, '비천시非天時이면 수십요雖十堯라도 불능동생일수不能冬生一穗'란 말이 있죠."

"정히 그렇소. 천시에 맞지 않으면, 요堯 임금 같은 성군 열 명이 있어도 겨울에 싹 한 개 트게 할 수 없죠. 그러나 천한지험天寒地險*****에도 만리장성을 쌓을 수 있었습니다."

최천중이 이렇게 말하자, 곽선우는 하하하 하고 웃었다. 그리고 말했다.

"손들었시다. 정신일도精神一到 금석가투金石可透******라, 노자의 현명玄明도 공자의 고집은 꺾지 못하겠소이다."

"그럼 내가 공자란 말이오?"

하고 최천중이 웃었다.

곽선우가 말했다.

**** '많은 사람이 토끼를 쫓아도 잡는 사람은 오직 한 사람이다.'
***** 날씨가 춥고 땅이 험함.
****** '정신을 하나로 모으면 쇠와 돌도 뚫을 수 있다.'

"그렇게 되면 내가 노자란 말이 되는데, 나는 기아飢餓하면 탐식貪食하고 한寒이면 구의求衣*하는 처지이니, 어떻게 그런 자처를 할 수 있겠소. 그러나 좋소. 내, 한마디만 더 하리다. 공자의 말씀에 있지 않소. 방무도邦無道이면 위행언손危行言孫하라**는…. 지금이 바로 방무도가 아니겠소? 조심하시오."

"고맙소이다."

이때, 돌연 바깥이 소란해졌다.

최천중과 곽선우는 잔을 놓고 귀를 기울였다.

7, 8명으로 보이는 포졸들이 우르르 몰려들었다. 두세 놈은 안집을 기웃거리고, 두세 놈은 최와 곽이 앉아 있는 마루를 기웃거렸다.

한 놈이 험상궂은 상을 하고 두 사람의 풍채를 핥듯이 둘러보았다.

"댁들은 뉘시우?"

포졸 하나가 물었다.

곽선우가 선뜻 대답했다.

"나는 현풍의 곽이요, 이 어른은 경주의 최씨요. 쉰 살이 넘은 중늙은이 둘이 무슨 행패라도 했답디까?"

"쉰 살이 넘었다니, 농담이 심하구려."

포졸의 퉁명스런 소리였다.

"그럼 소년들로 뵈는가?"

하고, 최천중이 소녀를 불렀다.

"이 어른들, 목이 마를 게다. 푸짐하게 술 사발이나 드려라."

하고, 포졸들을 보곤

"출출할 테니 실컷 청해 마시구려. 내가 한턱내리다."

라며 웃었다.

"감사하오이다."

"감사하오이다."

포졸들은 태도가 금방 바뀌어, 마당 안쪽에 있는 평상에 걸터앉더니, 자기들끼리만 통하는 은어를 써가며, 왁자지껄 떠들며 신나게 몇 순배씩 하곤,

"나으리들, 고맙소이다."

하고 퇴산했다.

그동안 묵묵히 앉아 있던 두 사람의 자리에 안주인이 나타나, 기둥에 기대서서 변명을 했다.

"성가셔서 언짢으셨겠죠? 작년 난리에 가담한 군사들 가운데 아직 잡히지 않은 사람이 있답니다요. 그 군사들을 어떻게 하건 샅샅이 잡아들이란 엄명이 있어, 저렇게 허구한 날 분탕을 치는 거예요. 손님들이 적잖게 기분이 상하셨을 줄 압니다. 용서하사이다."

"천만에요. 그자들이 먹고 간 술값은 내가 고스란히 셈할 테니 그리 아시오."

최천중이 이렇게 말하자, 노녀는 천부당만부당한 말씀 말라면서 안으로 들어갔다.

"덕분에 술이 다 깨었소이다그려."

하고, 잔을 최천중에게 내밀고 곽선우가 한 소리는,

"바로 그게 방무도요. 위행언손하라는 말의 뜻을 알았겠죠?"

"알았소. 알다마다요."

최천중이 곽선우에게 잔을 돌렸다.

곽선우는 그 잔을 받아 마시고 잠깐 생각하는 듯하더니 중얼거렸다.

"제왕의 상이니, 왕비의 상이니 하는 말만 안 하면 내가 기막힌 요조숙녀를 주선할 텐데…"

최천중의 귀가 번쩍했다.

"어디의 뉘슈?"

"왕비의 상은 아니오만, 내 나고 그런 규수는 처음 보았소."

"글쎄, 그 규수가 어디의 누구요…?"

"왕비의 상이 아니니 들먹여 뭣 하겠소."

"그래도 좋으니…"

"그래도 좋다는 건 최공의 기분이구, 내 기분은 함부로 그 이름을 들먹일 수가 없구려. 그보다도 작년, 즉 임오년에 있었던 군란이 아직까지 계속되고 있다는 게 슬프구려."

화제를 바꾸려는 곽선우의 말을 최천중이 막았다.

"도대체 그 규수가 뉘시오? 곽공이 난생처음으로 보았다는 그 규수가 말요!"

〈8권으로 이어집니다〉